Anjali Sriram

KARMATANZ

Roman

Lotos

Lotos Verlag
Lotos ist ein Verlag der Verlagsgruppe Random House GmbH.

ISBN 978-3-7787-8199-9

1. Auflage 2007

Einbandgestaltung: Christine Klell, Wien
unter Verwendung eines Motivs von © Minnie Menon
Gesetzt aus der Slimbach bei Leingärtner, Nabburg
Druck und Bindung: Bercker, Kevelaer

Inhalt

»… denn kein Mensch wisse, in welcher Zeit er lebe, und keiner könne es je wissen, der nicht in die Erinnerung hinabstiege.«

Paul Ricoeur

Prolog

Stille
versiegelt die Dinge, umspielt Büsche und Bäume mit Schweigen, küsst mächtige Felsbrocken, bis sie ergeben auf die staubige Erde sinkt. Damals, hoch oben in den Bergen, war sie die Dienerin des jungen Prinzen. Sie schenkte sich ihm als stumme Muse. Er sann in seiner Einsamkeit über eine wundersame Tänzerin nach. Bilder der Schönheit erschienen, während die Blätter und Blüten der kommenden und gehenden Jahreszeiten sich ins Nichts wiegten.

Nur die Wolken donnerten, wenn sie nicht gerade wortlos flüsterten. Er sah hinauf. Während die allmächtige Erscheinung der wandelnden Weißen sich verflüchtigte, und sein Sehnen sich mit den Winden verwob, blickte das lächelnde Gesicht des lieblichen Mädchens ihn unermüdlich an. Tag für Tag zwinkerten ihm erstaunliche

Augen aus unerreichbaren Gefilden zu. Die Karawane aus Dunst zog weiter. Hatten die kosmischen Schäfchen der Reizenden seine Botschaft überbracht? Oder offenbarten sie dem Prinzen das Geheimnis ihres Schicksals?

An die Toten aus den Kriegen, die in den Ländern toben, oder an Feste, die Könige dem Hofstaat ausrichten, erinnerte kein Lüftchen. Prinz Ilango war dem weltlichen Leben entflohen.

Noch bevor er mit der Sänfte in die Berge getragen worden war, hatte eine Zigeunerin ihm von jenem Mädchen, das zum Tanzen geboren war, erzählt. Erwacht war in dem Zwölfjährigen das Verlangen. Eine Weile später kam die junge Tänzerin in seine Burg! Wie er sich bemüht hatte, ihr nah zu sein! Sie war ein ferner Stern, blieb unberührt von der Begeisterung, die Höflinge um ihre kunstvolle Erscheinung machten, und war auf einem Elefanten in den Sonnenuntergang hinein fortgeritten. Nicht einmal einen Blick von ihr hatte er erhaschen können. Als er betrübt über die leere Tanzfläche ging, fand er eine kleine bronzene Glocke, die aus ihrem Fußamulett gefallen war, und bewahrte sie auf. Seine Sternschnuppe! Er schrieb sein erstes Gedicht. Bald schon gewannen seine Verse in allen Wettbewerben und machten ihn, noch als Knaben, zum ersten Dichter im Land der Tamilen.

Das Unvermeidliche geschah: Ach, wie sie geweint hatten, die Frauen, mit ihrer ganzen Hoffnung auf seine

Regentschaft! Umringt war er gewesen von den schönen jungen Prinzessinnen, die den Prinzen so hoffnungsvoll liebten; ihm dahinschmachtend nachsahen, als er, verborgen in der Prunksänfte, hinauszog und seine Mutter, die Königin, vor Trauer erstarrt zurückließ. Den Anspruch auf den Thron hatte er dem Bruder übertragen und auf alle künftigen Herrschaftsanrechte über das große Reich seines Vaters, des Königs, verzichtet.

Die anmutige Tänzerin hieß Madhavi. Sie hatte ihn zum Barden gemacht. So war es gekommen, dass er in die erhabenen Berge gezogen war. »Oh«, sollen die Klugen in der Bevölkerung damals gerufen haben: »Er zieht hinaus in die Berge und macht den lieblichen Bach, die Niyamar, zu seiner Gefährtin. Das ist gut so! Dichter sind für unser Reich wichtiger als Herrscher, denn sie besänftigen die Stürme in den Herzen und führen die Kriege im Inneren.«

Zikaden wurden seine Verbündeten, hohe Gipfel, die ihn umgaben, hüteten seine Träume! Auf einmal waren sie vor ihm gestanden, die neun Göttlichen! Die Juwelen des Himmels zeigten ihm die Magie des Schreibens. Nur ein einziges Wort tuschelten sie ihm jeweils zu. Indra, König aller Götter, im gelb scheinenden Sonnenwagen wie ein großer Diamant leuchtend, sagtc: »Mut«.

Ilango sah, wie alle Hindernisse, die sich seinem Geist entgegenstellen wollten, versiegten, und schon lag die Vision einer gesamten Geschichte vor ihm. Vishnu, auf dem saphirblauen Meer mit seiner Geliebten, der Glücksgöttin Sri fortwährend vereint, flüsterte in lieblich klingenden Tönen beständig dasselbe: »Liebe«. Der Todesgott Yama, sanft eingehüllt in taubengrauem Aquamarin, sang: »Mitleid«. Ilango entwickelte die Hoffnung für seine Figuren. Polternd, doch wie das funkelnde Licht im hellen Topas, lachten die Ghanas, die grotesk anzusehenden Himmelshüter, und stießen: »Lust« inmitten der Fröhlichkeit hervor. Ilango befreite sich vom Herkömmlichen und schrieb heitere Verse. Kahla, Gebieter über die Zeit, spuckte das Faule und auch die vergänglichen Anteile seiner eigenen Leiblichkeit hinweg, bis er mit dunklen unverwüstlichen Tigeraugen schrie: »Schrecken«. Aufruhr kam in die Dichtung. Kali, die große Zerstörerin, trat aus dem schwarzen Stein und lehrte den jungen Schreiber, das Wort »Angst« nicht zu fürchten. Erregende Sätze prägten sich in des Dichters Herz. Shiva, rot wie der Rubin, zerstörte alles im Gelände, wütete im Feuer, schrie: »Zorn«. Die Leser werden gebannt sein von der Wut, dachte Ilango. Bis Brahma, der Schöpfer, im Strahl des goldenen Lichtes verkündete: »Wunder«. Ilango erschauerte: Welch erstaunlichen Ausgang er im Leben seiner Traumtänzerin voraussah. Und am Ende war alles weiß und erfüllt. Die Wolken berührten die Erde. Narayana, der ewig schlafende Gott, erschien vor dem Poeten und schenkte ihm Abstand zu seinem eigenen Werk und Ruhe fürs Gemüt.

Danach war der Himmel ein durchsichtiges Dach. Wieder triumphierte Stille. Sie lockte den Prinzen, sich im reinen Kristall des Himmels widergespiegelt zu sehen. Und auch seine Angebetete mit denen, die sie umgaben, erschienen als himmlische Illusionen. Einzig so erkannte er, was Madhavi fühlte. Als Wortkünstler geboren, wurde Ilango zum Propheten, der in die verborgenen Gedanken seiner Auserwählten blicken konnte. Plötzlich erschien noch eine junge Frau von makelloser Reinheit. Sie war Madhavis Rivalin, ging mit der Grazie, die den Schwan beschämt und hörte auf den Namen Kannegi.

Ilango fügte das Leben der beiden unterschiedlichen Wesen zusammen, verfügte über die Buchstaben, schenkte ihnen Kraft, bis die kleinen Zeichen nicht mehr aufhörten zu krabbeln und zu surren! Seine Gedichte glichen kleinen Käfern, die am Rande des Palmblattes festsaßen, seine Prosa wurde zu einem flatternden Vogel, der ins Weite entschwand.

Heute, gestern oder morgen, jener junge Prinz in den Höhen der Fantasie hatte die Zeit entmachtet! Seine Dichtung über die Frauen und ihr Schicksal aus der Harmonie der Berge hallte als mächtige Götterstimme wider.

Friedlich

Vereint
sind Nacht und Tag an jedem Morgen nach einer flüchtigen Liebelei. Helles schiebt das Schwarz der Nacht – zunächst noch sanft und schrittweise, dann plötzlich, mit Kraft – vor sich her, bis alles Dunkel von der Umarmung des lichten Tages verschlungen wird. Durchsichtigkeit umgarnt die Dämmerung, lockert sie auf, und siehe da: Die Schwermütige gibt sich hin. Weißer Nebel erleuchtet die Welt, zusammen mit der Hoffnung. Zufrieden mit der Vergänglichkeit finsterer Stunden schreit ein Vogel auf, lockt, und, als würden sie antworten, beginnen die Frösche zu quaken. Schon singen Vögel in größeren oder kleineren Gruppen, als Solisten oder im Duett.

Es waren an jenem frühen Morgen ein paar Regentropfen, wohl die Vorboten der nahenden Regenzeit, die leise, aber bestimmt, als wollten sie ihre Überlegenheit demonstrieren, aufs Dach trommelten und die Großmutter von Madhavi weckten. Danach herrschte wieder Stille. Die alte Dame erhob sich und fühlte eine Veränderung herannahen. Nicht nur würde der große Regen die Natur bald aufleben lassen, auch in ihrem Haus bahnte sich ein umwälzendes Ereignis an. Sie beendete die Morgenrituale und griff nach ihrer geliebten Vina, stimmte deren Saiten langsam, bedächtig, als würde sie noch überlegen, in welche Richtung der Strom ihrer Melodien fließen sollte. Dann führte ihre Hand aus, was sie fühlte – sie war selig!

Madhavi wusste trotz jugendlicher Wildheit leise aufzustehen, und nach dem morgendlichen Bad, noch kaum bekleidet, kauerte sie reglos eine Weile hinter dem aufrechten Rücken der im Lotossitz Musizierenden. Die Töne beruhigten das ganze Haus, niemand wagte es, laut zu sein. Die Umgebung ordnete sich freiwillig in die Klänge der Lieder. Alles Tun wirkte gedämpft, wenn die würdevolle Meisterin musizierte.

Madhavis Lachen, nachdem Großmutter das Instrument beiseitegelegt hatte, war das Zeichen: Es gab Reiskuchen mit Gewürzen. Die Frauen des Hauses hatten den Göttern schon die Opfer dargebracht. War das Frühstück beendet, begann der Unterricht für Madhavi auf der Vina. Die reife Frau verbesserte an diesem Tag ihre junge Schülerin nur einmal. Diese übte ein und dasselbe, bis es mit der Melodie vereint zu sein schien.

Madhavis weit geöffnete Augen blickten während des Spiels in den Innenhof des Hauses. Die Morgensonne schimmerte auf dem heiligen Stein. Vor ihm stand, als würde sie sich verbeugen, die Tulsipflanze zierlich in einem quadratischen Tongefäß, wie eine Göttin vor ihrem Gott. Chitrapati, Madhavis Mutter, goss auf beide Wasser und strich das rote Kunkum auf die Pflanze und den Lingastein.

Als das Trampeln der Hufe vernehmbar wurde, sprang die Kleine auf: »Ich bin so weit«, war der Ruf zur Abfahrt. Madhavi lief dem Kutscher des Ochsengespanns entgegen, der hob das Mädchen auf den Bock, und sie fuhren hinaus ins Dorf zum Tanzmeister. Unter dem weit ausladenden strohgedeckten Dach der Tanzhalle verbrachte Madhavi den ganzen Tag. Sie tanzte, sie lernte Wortspiele aus rhythmischen Klangsilben, und sie bestaunte die Tänzerinnen, die schon Frauen waren. Heute erschienen sie ihr noch vollkommener, so schön, als wären sie lebendig gewordene Apsaras. »So will ich sein«, dachte sie und übte Tanzschritte mit kindlichem Ungestüm. Bis sie eine unbekannte Macht in sich fühlte. Es war ein kleiner Schmerz im Leib: Tränen flossen! Sie wurde wütend, es ging nicht, wie sie es wollte. Während sie die Körperlinie der Tanzposen als ein vollkommenes Bild wahrnahm, hockte sie schmollend in einer Ecke. Tanz erschien ihr manchmal wie ein unerreichbares Land!

Später; wieder in Großmutters Schoß, als die Abenddämmerung den Tag liebevoll zudeckte, er seine Leichtigkeit aufgab und in schweren Schlaf verfiel, sank die junge Madhavi in einen merkwürdigen Traum. Sie sah Blüten von tiefem Dunkelrot, purpurne Knospen hingen neben rosafarbenen Blättern aus den Lüften herab; Pflanzenaugen lugten hinunter auf den Tulasi des Innenhofs und aus diesem entstieg eine schöne Frau. Sie ging zum Lingastein, der wurde höher, wuchs zum Gebirge, verwandelte sich in den heiligen Berg Kailasch. Das junge Weib in Madhavis nächtlicher Schau begann ihn zu erklimmen. Steinige Wege ließen die zarten Füße der Traumgestalt bluten. Unberührt vom Schmerz sah die Pflanzenfrau im Bergkristall einen Mann, der wie erstarrt verharrte. In ihren hoch gehaltenen Händen lagen Blumen, die runden Brüste, voll, schwer, ließen ihren Leib nach vorne kippen, denn ihre zarte Taille konnte die Balance nicht halten. Rote Blütenschauer berührten den Scheintoten, er erwachte, schaute in die Augen der Schönen, nahm ihre Nacktheit wahr: kräuselnde Haare weit unter dem Nabel, Brüste mit den runden hervortretenden Quellen.

Lust durchschauerte erstmals die träumende Madhavi. Sie fühlte die Regungen einer Frau, spürte die Blicke des göttlichen Mannes auf sich gerichtet. Die Schlafende schreckte von seinen verlangenden Blicken auf und seufzte laut. Großmutter brachte kühles Wasser, legte darin getränkte Lappen auf die fiebrige Stirn der Enkelin. Diese zitterte, wie im Würgegriff eines Wahns, dösend erlebte sie den Mann im Traum als den Gott der Asketen, als Shiva. Dessen drittes Auge öffnete sich, Feuer strömte heraus und versuchte, die Lust zu fassen. Doch belustigt rannte ein Faun hinweg, bis feurige Lava aus Shivas brennendem Leib über Wälder und Täler floss und alles zerstörte. Auch der Faun verbrannte stöhnend vor Schmerz. Da wandelte die Frau, welche der Pflanze entstiegen war, sich zur Göttin Shakti, die standhaft dem Zerstörer trotzte, so dass Shivas Zorn dahinschmolz, bis er vor ihrer Schönheit hinsank. Shakti befahl: »Rufe den Faun, unseren Liebesgott Kama, sofort zurück ins Leben!« Und Shiva beugte sich ihrem Befehl. Schon kam der mit dem Liebespfeil Bewaffnete zurück und rannte weit hinaus in alle Welt, um den Sieg der Erotik zu künden. Shiva und Shakti fielen sich in die Arme. Aus zwei Körpern wurde wieder und wieder ein Leib, der glich der Dämmerung, wenn Tag über Nacht, dann wieder Nacht über den Tag dominiert. Wieder und wieder triumphierte der dunkle Mann über die lichte Frau, dann wieder das Mädchen über den Knaben im Schlaf der heranwachsenden Madhavi.

Großmutter aber war wach. Sie wusch das Blut von Madhavis Bein. Sie hatte es geahnt, dass die Kindheit ihrer Enkelin zu Ende gehen würde. Schon die ersten Regentropfen hatten es ihr offenbart: Die Erde würde fruchtbar werden. Sie ging hinaus und verbrannte das Tuch mit dem Blut Madhavis vor dem Lingastein und opferte die Asche der Pflanze.

Tage später feierten die Konkubinen der Herrscher dieses Ereignis mit einem Fest. Die Mütter beteten: »Lust, Gott Kama, wandelnder Faun, sei gnädig zu Madhavi. Segne sie mit vier Arten des Verlangens: dem Streben nach Gerechtigkeit, nach Glück, nach Liebe und nach Freiheit.« Aber als eine Krähe in der Dunkelheit aufflog und krächzte, als würde sie höhnisch lachen, huschte ein düsterer Schatten über die edlen Züge der Großmutter. Sie fühlte, wie sich ihre Seele einengte. Die einst berühmte Kurtisane kannte die Landschaften im Inneren der Frauen. Sie sah Höhen und Tiefen in Madhavis Leben angelegt, wusste, dass ein Pfad nötig war, um durch das Labyrinth zu gehen. Deshalb setzte sie bei ihrer Enkelin alles auf die Ausbildung in den Künsten und hoffte, Madhavi würde dadurch vor den Gefahren zu großer Leidenschaften gewarnt sein. Insgeheim ahnte die weise Frau die Macht eines Schicksals, gegen das menschliches Bemühen scheitern musste. Denn Mahdavi stammte, wie sie selbst, aus der Vereinigung des feurigen Yogis mit der himmlischen Elfe.

Erleuchtet,
ohne dass die Zeit ihren Schatten auf ihn werfen konnte, weilte jener wahre Yogi einstmals in tiefer Versenkung! Nährte sich von Blättern, von Rauch und letztlich, im erhabenen Zustand, nur noch von Luft! Seine neun Zugänge zur Außenwelt, die beiden Ohren, die beiden Augen, zwei Nasenlöcher, Mund, After und Lingam, waren verschlossen. Das lange Haar verfilzt, war er der Götter Echo und der Zeiten Fall. Sein vollkommenes Streben glich einem Strömen ins Unendliche. Der Urahne, der Gestrige, nein, der Unzeitige saß still in der Einöde. Wie ein Großvater seinen Enkeln beim Spiel zuschaut, so beobachtete er seine wechselnden Gefühle. Mal mutig, dann verliebt, mitleidvoll oder heiter, erschreckt und voller Furcht, zornig und sogar verwundert, spiegelten diese sich wie das stets wandelnde Licht in seinem Inneren wieder, ohne den ewig jungen Einsiedler zu beherrschen. Er sah sie als farbige Schatten über seine reine Seele huschen. Gelb, indigo, grau, elfenbeinfarben, braun, schwarz, rot und golden strahlten Traumgedanken, und er, ein fest Sitzender, sah auf seine Mitte, sah durch Verführung hindurch und blieb unberührt. Sein Wesen war farblos. Bis eines Tages solch eine Nabelschau vorbei war.

Es war nur ein Flügelschlag im Wind gewesen, vielleicht eine Stockung; die Lufttänzerin – oder die Wassernymphe –, überwältigt von der Musik im Weltenraum zusammen mit der Stille des Asketen, hatte für einen Moment das Tanzen vergessen. Der Yogi, von der klitzekleinen Störung im tanzenden Kosmos erweckt, öffnete sogleich die Augen. Da sah er im blauen Dunst die Fee, sie blitzte himmlisch im Glanz aus Indigo. Er löste angesichts so vieler Saphire staunend seine Lippen, öffnete sie und verliebte sich in die himmlische Apsara. Es war weder Tag noch Nacht, als sie sich vereinigten. Dann aber hauchte die Schwebende dem Asketen einen langen Abschiedskuss hin und entfloh in die Wirklichkeit, hinunter in die Welt. Sie suchte noch unter den Küssen Boden zu gewinnen für ihre zarten Füße.

»Das war ein Schmatzer mit einem Schübchen Sehnsucht nach mehr«, rief sie davoneilend. Und kaum war sie auf der Erde angekommen, gebar die Nymphe eine Tochter. Diese lernte von der himmlischen Mutter das Tanzen und Verführen und brachte es den Frauen bei.

»Welch ein Segen für die Welt! Die Langeweile und Streithaftigkeit wird so den Menschen genommen«, jubilierten die Philosophen. Und dieser Asket und seine Elfe schienen nah bei der jungen Madhavi zu weilen, wenn sie tanzte und musizierte. Sie umgaben Madhavi mit einer Aura aus schimmernder Transparenz.

Mutig

Tapfer
wollte sie sein. Die kleine Kannegi stand in aller Frühe auf, noch bevor das Tageslicht die Nacht vertrieben hatte. Kaum der Kindheit entwachsen, würde sie heute Mittelpunkt der Hochzeitszeremonien werden. Trotz ihres zarten Alters wirkte sie wie eine furchtlose Königin, deren Reich erobert wird und die klug jeden Widerstand aufgibt. Sie war, bezaubernd unschuldig, sich nicht bewusst, was für Gefahren eine Hingabe mit sich bringt. Sie vertraute fest darauf, das Unbekannte in dem Mann, der bis vor Kurzem noch ihr Spielgefährte gewesen war, für sich zu gewinnen.

Es war drei Tage nach Neumond. Die süßlichen Nachtkerzen verstreuten ihre Düfte noch mächtig, bis die aufblühenden Firangipanibäume langsam die Luft veränderten und die Grenze zwischen Tag und Nacht verwischten. Betörender Jasmin, mit seinen kleinen weißen, mit orangen Staubgefäßen versehenen Blüten, die jeden süchtig machen, der es wagt, sich ihrem Parfüm auszusetzen, war am vorigen Abend gepflückt und ins Wasser gestreut worden. Blütenwasser für das Bad der Braut! Jetzt, wo die dunkle Nacht die junge Schönheit aus ihrem geborgenen Schoß entließ, war es das wohlriechende Wasser, das ihr die Zuversicht gab, selbst wie eine unberührte Blüte den Baldachin der Vermählung zu betreten. Alle Augen würden auf sie gerichtet sein, wenn sie ihrem jugendlichen Freund Kowlam erstmals als seine Braut gegenübertreten würde.

Große Fächer vertrieben die letzten Wassertropfen, die im Schein der Öllampe wie Diamanten auf Kannegis dunkler Haut glänzten. Ihre Amme breitete mit zärtlicher Sorgfalt Kannegis langes rabenschwarzes Haar über einem Korb aus. Darunter, auf glühender Kohle, bildeten die zermahlenen Sambranisteine Rauchschwaden, die dem Haar alle Feuchtigkeit nahmen und ihm eine würzige Note verliehen.

Die Amme mit den gegerbten Gesichtszügen – trotz ihres Alters, ihres knochigen Körpers noch stark – konnte ihren glücklichen Ausdruck nicht verbergen, mit dem sie einen schmalen, golden durchwirkten Schal über die knospenhaften kleinen Brüste ihres Lieblings band und auf deren Rücken verknotete. Jetzt, darauf hatte sie gewartet, konnte der wertvolle Schmuck der

Braut angelegt werden. Mit einer Geschicklichkeit, als würde sie eine Skulptur fertigen, befestigte die Zofe an Kannegi die verschiedenen Juwelen. Zuerst band sie ihr eine silberne Kette um die Taille, deren Ende sich den Bauch hinunterschlängelte. Kurz vor dem entzückenden Dreieck aus kleinen dunklen Haaren endete es in einer Glocke. Die nackte Kannegi war nur scheinbar unbeteiligt, denn sie wusste, dass sich durch jedes Schmuckstück ihr Wert steigerte und sie bald, wie ein junger Krieger für den Kampf, für eine andere Schlacht, nämlich die der Verführung, gerüstet sein würde. Der Nasenring aus Rubinen wurde nach der Reinigung neu angelegt. Ihr liebliches Gesicht bildete den Kontrast zum schweren Talasaman, dem mit Perlen und Rubinen verzierten großen Goldteil, das um den ganzen Haarrand gelegt die Schläfen zierte. Die Haare wurden fein gekämmt und strömten lose bis zum Ansatz der Beine. Dort, wo die Wirbelsäule beginnt, umband die Dienerin wie eine Mutter liebevoll mit dem Kunjalam, einem Band mit drei goldenen Tressen, das Haar. Der winzige Rest des langen Haares öffnete sich nach der Umschlingung des Kunjalams wie ein kleiner Wedel. Umgekehrt gab er dem sich nach oben hin wieder öffnenden langen Haar die Erscheinung eines großen Fächers. Wenn Kannegi sich während der Zeremonie bewegen würde, würden die Haare als tanzende Gebilde viele Blicke gefangen nehmen: schwarze Fächer, wie von magischer Hand geführt, würden hin und her tanzen. Ihre treue Dienerin wusste, wie wichtig es war, die vielen Augen vom Gesicht der Braut abzulenken, denn oft geschah es, dass eine schöne Braut Grund zu Neid gab und den »bösen Blick« auslöste. Die Armreifen aus Gold wurden mit solchen aus rötlichem Kupfer gemischt und über das schmale Handgelenk gestreift. Zuletzt wickelte die geschickte Alte einen neun Meter langen sonnengelben Seidenstoff mit roter Brokatborte, den Sari, kunstvoll um die zarte Gestalt der Braut, bis Gewand und Trägerin einem einzigen Bündel aufbrechender Amarillisknospen glichen.

Auch der Bräutigam zeigte Beherztheit, er hatte vollkommen auf den nächtlichen Schlaf verzichtet, war längst mit dem Vater der Braut und zwölf Priestern abends in die Dämmerung hineingewandert. Nur mit einem Leinentuch bekleidet, trug er die Sandalen der Asketen. Sein dunkler Körper schimmerte, hob sich kaum von der schwarzen Finsternis ab. Das Weiß seiner großen Augen leuchtete jedoch mit überirdischer Kraft, dass seine Freunde, hätten sie ihn in dieser Nacht gesehen, ihm eine besondere Zukunft vorausgesagt hätten. Seine wie gemeißelt wirkende nackte Brust trug er so aufrecht, dass trotz seiner Jugend eine Kraft von ihm ausging, die selbst seine Neider heimlich bewunderten. Die Gruppe ging gegen Norden und sprach Mantras, war auf dem Weg Richtung Kashi, der heiligen Stadt am

Ganges. Keinesfalls müde, eher in wundersamer Wachheit, hielt die Gruppe noch lange vor Morgengrauen an, und der Vater der Braut zitierte die berühmten Verse aus dem Schrifttum, die eine Frage darstellen:

»Willst Du Asket werden und Dein Leben in einsamen Gefilden fastend in Verzehr nach der Vision des göttlichen Tanzes verbringen, oder willst Du meine schöne Tochter zur Frau nehmen und sie und die Kinder, die ihr haben werdet, beschützen und umhegen wie der Gärtner seine kostbarsten Pflanzen?«

Obwohl dies lediglich eine rhetorische Frage war, Teil eines uralten Hochzeitsrituals, wie der gesamte Fußmarsch Ritual war, hätte Kowlam jetzt doch weitergehen können nach Kashi, um sich aus den warmen Schlingen seines Nests zu befreien, die Mächte herauszufordern und unbekannte Welten und Räume zu erobern. Doch er hatte in Kannegis Augen schon seinen zukünftigen Sohn gesehen, und in diesen Augen, die so schwarz waren und einen seltsamen nachtblauen Schimmer aussenden konnten, erschienen ihm Vergangenheit und Zukunft als eins. Er sah sich als Kind in den Armen seines Vaters, er sah die endlose Reihe seiner Ahnen, und er drehte seine Schritte um, kehrte beherzt zurück zum Haus der Braut, um sich einzugliedern in diese Kette.

Kannegis Eltern, die eine große Reederei besaßen und deren Schiffe in alle Welt fuhren, hatten auf diesen Moment gewartet. Die Hochzeit der Kinder war die Fortführung eines Bundes, den die Elternpaare vor vielen Jahren mit ihrer Freundschaft geschlossen hatten. Kowlams Vater war ein erfolgreicher Juwelenhändler und besaß das größte Geschäft innerhalb der Palastmauern von Pukar. Beide Familien waren in den Rat der Stadt gewählt worden. Die Ratsvertreter hatten bedeutenden politischen Einfluss, sogar der König beugte sich ihren Entscheidungen. Die befreundeten Familien spendeten große Mengen ihres Vermögens für Bedürftige mit der gleichen Selbstverständlichkeit, mit der die volle Regenwolke ihren Regen sendet. Es war ihr innigster Wunsch gewesen, ihre Kinder als Paar vereint zu sehen.

Als die Pilgergruppe im Morgengrauen das große prächtige Haus von Kannegis Eltern erreichte, wurde sie dort mit inbrünstigem Jubel empfangen. Wie so oft bei Hochzeiten verschlang die profane Ausgelassenheit das stille, heimliche Sehnen nach Einsamkeit. Der Morgen versprach zum Freudentag zu werden. Kowlam wurde zum jungen Löwen, betrat das Haus der Braut mit ausholendem Schritt, während seine Augen auf ihren Anblick lauerten. Als die Sonne strahlend aufgegangen war, loderte das heilige Feuer. Kowlam und Kannegi, zusammengekettet an den Zipfeln ihrer Gewänder, ihre Hand ineinander verschlungen, gingen hintereinander sieben Schritte ums Feuer. Sieben Schritte stehen für alle sieben Welten, die sie von nun an gemeinsam durchqueren würden. Als sie sich danach in die Augen blickten, stillstanden, band Kowlam, mutig, wenn auch ein wenig die Gesichtsfarbe wechselnd vor Aufregung, den Tali, die Hochzeitskette um seine junge, vor Erregung und von der Feuerhitze nass geschwitzte Frau.

»Wir wünschen euch ein Leben in enger Umschlungenheit, ein Leben, das euch die Trennung erspart«, so sagten die Frauen, die mit Räucherwerk und Sandelholzpaste das Paar, das jetzt auf der Schaukel saß, umschritten. Und die jungen Mädchen mit den hellen Stimmen fügten hinzu: »Was für ein verheißungsvolles Glück für unsere Augen, euch als ein Paar zu sehen.«

Trommler und Nadesvaramspieler beschworen mit ihrer Musik die ganze Umgebung, und angezogen von den Melodien, welche die ganze Straße hinunter klangen, strömten immer mehr Gäste zum Festmahl. Auf Bananenblättern gab es allerlei Süßes, Saures, Salziges, Bitteres, Herbes und Scharfes zu kosten, aus silbernen Bechern wurde Mor, ein feines Getränk aus Ingwer und Buttermilch, gereicht.

Hoch oben auf dem Podest stand jetzt für alle zur Bewunderung die Braut und stellte tapfer vor allen Anwesenden ihren schönen Fuß auf den großen Stein aus Granit. Der Bräutigam kniete vor ihr nieder, und mithilfe seiner Mutter streifte er gekonnt, so als hätte er es geübt, der Braut die silbernen Ringe um die beiden zweiten Zehen.

»So fest wie dieser Stein soll das Vertrauen in ihren Ehemann sein«, klang es aus den Hymnen der Rezitatoren. Alle Gäste konnten in diesem Moment die Fußreifen der Braut sehen. Sie waren ihre kostbare Mitgift, das glücksbringende Amulett aus dem Haus ihrer Eltern, auf die in den Zeiten der Not Verlass war. Die Goldamulette waren starke Reifen, die die Rundungen des Fußes nachbildeten, ihre Knöchel umschlossen und mit Smaragden, Rubinen, Saphiren und Diamanten gefüllt waren. Nie sollte Kannegi Armut empfinden müssen, was immer auch in dem neuen Haus ihres Bräutigams geschehen würde. Sie besaß ein Vermögen, welches ihre beiden Beine schmückte. Niemand konnte zu diesem Zeitpunkt erahnen, dass diese Amulette einmal einen König stürzen würden. Noch wusste keiner der Anwesenden, dass die Gerechtigkeitsgöttin in Kannegi verborgen war. Sonnengelb umleuchtete der Tag das Brautpaar und die Zukunft schien verheißungsvoll.

Erobert

mit ihrer golden glänzenden Haut, mit den sanftmütigen Rehaugen, aus denen das Paradies schimmern konnte, hatte Kannegi während der tagelangen Hochzeitszeremonie Kowlams Herz. Es störte sie nicht, dass ihm die Mädchen hinterherriefen:

»Ist er nicht süß, wie Muruga, der junge Gott aus den Bergen?«

Kannegi, ein vierzehnjähriges Mädchen mit der Energie und Grazie einer hochschlingenden, blühenden Ranke, erschien selbst so fein, dass die weisen Frauen zueinander wohlwollend nickten:

»Ist sie nicht makellos, wie Arundhati, der Nordstern?«

Doch Kannegi schaute nach Beendigung der Zeremonien sehnsuchtsvoll zum Himmel. Die Regenzeit nahte, und Wolken zogen dort oben in den luftigen Gefilden auf. Sie wirkten dunkel und bedrohlich. Sie schienen dem sanften Mädchen gewaltvoll und schwer. Sie fürchtete sich. Immer wenn die großen Gewitter mit der Regenzeit kamen, hatte sie sich neben die Mutter gelegt und deren ruhigen Atem gespürt. Jetzt, nachdem die fünftägige Hochzeitsfeier beendet war, kam die Zeit zum Aufbruch in ihr neues Haus, dorthin ging es, wo das Hochzeitsbett sie erwartete. Leise sprach sie einen Vers, den der begabte kindliche Prinz Ilango beim letzten Gedichtwettbewerb vorgetragen hatte:

Flockenmeer,
regne Dich leer,
zieh über mich hinweg ohne Herz,
denn Du, oh Wolke, kennst keinen Schmerz!

Ihre schweren Fußamulette nahmen den Schritten die Kindlichkeit und verliehen ihnen feierlichen Ernst. Oh Schicksal! Kannegi mit ihrer Anmut und Bescheidenheit wird bald das Fremde für sich vereinnahmen! Die Amulette funkelten, doch war ihr Herz düster. Wie sie sich nachdenklich mehrmals nach den Eltern umdrehte und zur alten Amme hinschielte, die Kannegi ihr ganzes Leben bis zum Tag der Hochzeit liebevoll betreut hatte, war ein Bild voller Bedrückung. Dann aber, als Kowlam ihre Hand ergriff, kam Ungeduld in ihr Blut und sie begann eifrigen Schrittes neben ihm die Straße hinunterzulaufen. Sie vergaß sogar zurückzublicken, als sie am Ende des Wegs in die Sänfte stieg. Die zierliche Kannegi wurde fortgetragen vom Strom der Ereignisse.

Verschämt

blickte Kannegi am Abend ihrer Ankunft in Kowlams Haus auf das perlenverzierte und mit Rosenblättern bedeckte Bett. Sie setzte sich vorsichtig neben Kowlam nieder und erlebte bald eine Wirklichkeit, die aus der Schwere der Erde und der Leichtigkeit des Himmels zugleich bestand. Zunächst fielen beide, wie betäubt von den langen Zeremonien, vor allem aber trunken vom plötzlichen Alleinsein mit dem anderen, in eine kurz andauernde Ohnmacht. Bis seine Hand, wie im Traum, die Bahnen aus goldgelbem Stoff, die Kannegi verdeckten, löste. Seine Berührungen waren ein Erwachen aus der Dunkelheit. Sein und ihr Körper wurden von einem einzigen Strom erfasst, der sie ins Meer der Wonne trug, während ihre Glieder sich lang streckten, als wären sie von einer unbekannten Gewalt beseelt worden.

Es waren traumhafte Tage, die folgten. Alle Bewohner des Gebäudes mit den abgeschirmten Innenhöfen voller blühender Gärten und fließenden Gewässern begegnetem dem neuen Paar wohlgesonnen und freundlich. Als ob Kannegis Wert sich tausendfach erhöhte, so erschien sie, wenn Kowlam von seinen Geschäften heimkehrte. Die Abende verbrachte das junge Paar auf der mondbestrahlten Terrasse, wo unerschrocken der Liebesgott Kama seine Pfeile ausschickte und seine ganze Meisterschaft und Geschicklichkeit anwandte: Kannegi wurde sprachlos vor Seligkeit, Kowlam glitt nass geschwitzt über Kannegi. Sie war ihm ein tiefgründiger Teich, in dem er sich immer neu verlor. In solchen Rausch wurden beide versetzt, dass sie nicht mehr wussten, ob es noch einen anderen gab oder alles längst eins war. Stolz und zufrieden, wie der Schöpfer selbst, war Kowlam, und freudig, voller Hingabe, aufnahmebereit wie die Erde für den Regen, war Kannegi. Ihre Liebe machte sie zu Weisen, die Dinge fühlten und erahnten, die ihnen vorher verschlossen waren. Eine überaus mächtige Energie nahm sie in ihren Besitz.

»Du bist der unentdeckte Edelstein der Berge, du bist der nie gekostete Nektar der Meere, die Melodie, die die Harfe nicht geboren hat«, flüsterte Kowlam voll Überzeugung ins Ohr seiner Frau. Wer die sich ekstatisch Liebenden sehen konnte, war sich sicher: Es waren der Liebesgott Kama und seine Göttin Rati selbst, die hier ihre Verschlungenheit, gleich den schwarzen Kobras, die immer ineinander verwunden sind, genossen, als gäbe es kein Ende.

Einfallsreich waren die verschiedenen Liebesspiele, die keine Unterbrechung duldeten. Mit zahlreichen Liebkosungen entdeckten sie sich immer wieder neu, genossen das Glück dieser Tage in vollen Zügen. Doch begannen sie bald mit jedem Kuss die Vergänglichkeit des Daseins zu ahnen. In ihrer unendlichen Lust erkannten sie, wie kurz das Leben auf Erden ist. In Anbetracht der gewaltigen Fülle ihrer Zuneigung erschien ihnen die Zeit als Grenzen setzende Bedrohung. Und schließlich folgte dem Erwachtsein auch die Erschöpfung, deren Düsternis das Sonnengelb jeder Euphorie verdeckt.

Prunkvoll,

wie eine Erscheinung aus dem Himmel: ein Triumphzug aus vierzig mit Gold bemalten Elefanten, ein Festzug, der in seiner Pracht dem Aufmarsch des königlichen Heeres glich, das, nach einem Sieg über die Feinde, seine Macht demonstrieren möchte. Diese Karawane zeigte ihre Überlegenheit mit der Weisheit der Künste und würde bald die ganze Stadt erobern.

»Mit der Selbstverständlichkeit einer Königin, die siegen wird, sitzt Madhavi auf dem bemalten Elefanten, unantastbar! Kein zweites Lebewesen kann die in ein breites Goldband gefassten roten Rubine so erhaben auf dem Mittelscheitel tragen und dabei die vollkommene Symmetrie des Körpers als ein einziges Wunder wirken lassen. Ihr Gesicht mit den schwarzen Augen ist beherrscht von einer niedlichen Nase«, riefen die Bewunderer. Wie gut, dass sie zwei solche Augen hatte, so konnte wenigstens je eins dieser glitzernden Augen von denen auf der rechten und denen auf der linken Seite Stehenden gesehen werden. Madhavis junge Brüste waren unbedeckt, die schmale Taille hingegen in eine goldene Spange eingeschlossen. Ihre Beine waren lianengleich im Lotossitz verknotet. Neben ihr ritt, auf dem großen silberbehangenen Staatselefanten, der Guru. Schwere Goldketten zierten seine Erhabenheit. Ein goldbesticktes Lendentuch bedeckte seine kräftigen Hüften. Die weißen Haare fielen bis zur Schulter, und ein Bart mit silbriger Dichte verdeckte Kinn und Hals. Seine wissenden Augen sahen nach innen und außen zugleich. Es folgten geschmückte Elefanten, auf denen Trommler standen, deren Nacktheit mit Sandelholzpaste wild bemalt war. Bronzene Schalen, die Rädern glichen, wurden in die Luft gehalten und als Klangbecken rhythmisch über dem Kopf zusammengeschlagen. Ihr Hall brachte alles zum Verstummen.

Noch bevor Madhavi auf den Elefanten aufgesessen war, hatte sie den bedeutungsvollen Stab mit dem heiligen Wasser übergossen und zu ihrem Lebensgefährten bestimmt. Taktstock und Tänzerin sind wie Mann und Frau, auf immer verbunden. Hinter den Elefanten folgten die jungen Schüler des Meisters. Sie trugen auf langen Bambusstangen eine Rosenholzsänfte, in der Madhavis Mutter, und eine Sandelholzsänfte, in der Großmutter Menaka verborgen saßen. Unmittelbar hinter den Prunksänften gingen viele Musiker zu Fuß und spielten auf langen Nadesvarams wilde Melodien. Den Schluss des Zugs bildeten die vermögenden Förderer der Künste auf den Pferden.

»Seht, sie erreicht die Tanzhalle«, rief jubelnd das wartende Volk.

Die Elefanten umrundeten den König. Er stand mit seinen Ratgebern auf einem Plateau vor dem Eingang zur Halle. »Seht meinen Vater dort unter ihnen«, rief Kannegi, das Spektakel bewundernd, zu Kowlam.

Kowlams Eltern saßen längst auf ihren ausgewiesenen Plätzen neben Kannegis Mutter. Alle warteten auf den Einzug des wundersamen Mädchens, das, kaum angekommen, einer erwachsenen Frau gleich vom Elefanten stieg. Die Sitzenden erhoben sich, als der König mit den Ratgebern die Halle betrat. Der Herrscher sprach:

»Heute, am Tag des Vischakasternbilds, findet Madhavis Tanzdebüt, das Arrangetram, statt!«

Zur damaligen Zeit, in der Ilango dichtete, war ein Theater an einem Platz errichtet, der den Traditionen der großen Baumeister des Vastushastra entsprach. Die Himmelsrichtungen waren beachtet und alle Maße nach einer Zahlensymbolik ausgerechnet. Die Öllampen an den Säulen warfen keine Schatten. Die freskenartigen Bilder der verschiedenen Paravents fesselten die Blicke. Lange Perlenketten verzierten die nach Westen ausgerichtete Bühne. Direkt vor dem Podium saß das allgemeine Publikum gen Osten gewandt. Der Platz des Königs und seiner Ratgeber rechts vom Podium war mit heiligen Buchstaben versehen, während die Dichter und die erfahrenen, älteren Tänzerinnen links neben der Rampe saßen.

An jenem schicksalhaften Tag saßen Kowlam und Kannegi in der achten Reihe. Einige Jahre waren seit ihrer Hochzeit vergangen. Sie waren zu einem beeindruckenden Paar herangereift, das die Künste zu genießen wusste. Raunen ging durch den Saal, als der Hauptgast, ein mit Asche bemalter nackter Asket, mit zwei völlig unterschiedlich aussehenden Frauen hereingeschritten kam und sich auf einem Thronsessel hinter einem Paravent niederließ. Er blickte in Richtung der untergehenden Sonne. Mit seiner Rezitation vedischer Verse zu Ehren der Bühnengöttin und der Götter der Himmelsrichtungen begann das Programm.

Das Publikum versank in Andacht, als der Guru die Bühne betrat. Nach feierlichem Überschreiten des Bühnenbodens, der mit Mandalas, geometrischen Zeichnungen, bemalt war, setzte er sich auf das Podium auf der linken Bühnenseite.

Kowlam blickte zum Meister Madhavis. Kowlam, von seiner Mutter in die Künste eingeweiht, ahnte von den Kenntnissen, die der ehrwürdige Guru über den Körper eines Menschen hatte. Der Guru wurde auch als Medizinmann aufgesucht und als Heiler angerufen. Nur ein solch Weiser verstand, was die Musik in Menschen bewirken kann und wie sie in Beziehung zum Kosmos steht. Er kannte die Rituale des Schminkens, Verstellens und Dekorierens. Dieser Gebildete konnte das menschliche Gemüt durchschauen. Durch Madhavi würde er den Anwesenden einen Spiegel vorhalten. Kowlam überkam eine Vorahnung: Madhavi wird meine Gedanken wiedergeben, solche, die ich verschlossen in mir trage!

Auch Kannegi war in Erwartung des Ereignisses. Der jüngere Sänger betrat die Bühne, setzte sich dem Meister zur Seite. Kannegi träumte vor sich hin: »Ein solcher singender Barde ist ein schlauer Taktiker, der fremde Länder kennt, seine Rivalen beobachtet und sie bei vielen Wettbewerben besiegt hat, weil er klug genug ist, deren Fehler nicht zu wiederholen. Was er für ein freies Leben führt!« Der Mridangamtrommler, der als Dritter die Bühne betrat, trug sein langes Haar in einem festen Knoten aus Gräsern am Hinterkopf verbunden. Er wusste von den Harmonien, die die Pausen in der Musik bei den Menschen auslösen. Er würde das Publikum mit dem Sollukattu, den rhythmischen Sprechsilben, aufwecken. Ein Trommler war Herr über die Zeit. Er wirkte wie einer, der lange über die Zyklen in der Natur nachgesonnen hatte, auf dass sein Rhythmus sich in die Melodie selbstverständlich einfügen würde, so wie der Tag sich dem Lauf der Sonne fügt. Der Flötist, der ihm folgte, war klein und gedrungen mit kurzem Lockenschopf, er kam langsamer herein als die anderen. Er wusste alles über die Magie der Flöte: wie und wann er sein Flötenspiel einsetzen musste und auch wann er es unterbrechen sollte, um den aufgewühlten Herzen der Zuhörer Ruhe zu gewähren. Zuletzt erschien der Meister der Laute. Mittelgroß gewachsen, mit behändem Gang und einem Lächeln auf den Lippen glich er einem Zauberer. Er wirkte wie ein Gaukler, der mit den Zahlen seiner Saiten umzugehen wusste. Mit jeder einzelnen Saite versuchte er, eine Seite von Madhavis Kunst zum Klingen zu bringen.

»Die Aufgabe der Biene ist es, den Nektar der Blüte zu finden, und das Dharma, die Aufgabe des Publikums ist es, den Nektar der Tänzerin zu genießen.« Das waren die letzten Worte, die gesprochen wurden.

Madhavi betrat mit dem rechten, rotumrandeten Fuß die Bühne. Safranfarben, mit purpurner Goldbrokatborte war ihr Kostüm. »Oh, eine Elfe erscheint unter uns«, raunte jemand im Publikum. Andere wiederum wünschten, dass die Zeit anhielte, weil sie meinten, den Eingang zur Glückseligkeit gefunden zu haben, als die Tänzerin, unwirklich wie eine Göttin, und doch mit festen, erdverbundenen Tanzschritten, über den Boden federte: leichtfüßig und kraftvoll zugleich. Es waren nur die Spitzen ihrer Zehen, die sie aufsetzte und dabei die Schellen, zart wie tausend Engelsglocken tönen ließ, gleich gefolgt von einem dumpferen, tiefen Glockenschlag, als die ganze Fußsohle kurz darauf auf dem Boden aufkam. Eine blitzartige Drehung, sie war in der Bühnenmitte angekommen, sah nach vorn. Welch ein Anblick! Aus ihren kajalumrandeten Augen blitzten Blicke wie Pfeile, jeder im Publikum meinte, nur er allein wäre ins Herz getroffen. Ihre Arme und Schultern glichen sich windenden Lianen und keiner wusste so recht, wo er hinschauen sollte. Ihr Kopf saß sich zart wiegend auf dem feingliedrigen Hals. Doch wirkte er gefährlich und geheimnisvoll wie der Kopf einer Kobra. Aus ihrem Leib entstanden Welten und sanken zurück, als wären sie zuvor nie da gewesen. Plötzlich schien sie wie ein flinker Fisch zu gleiten, mit Diamanten als Augen und Smaragden als Haut, die Luft war in Wasser verwandelt, und sie sprach wortlos: »Ja, fangt mich, werft eure Netze der Begierde nach mir aus!« Kannegi sagte sich, sie ist eine Fee, und Kowlam wurde erregt: Sie ist eine Nymphe im Schlamm dunklen Begehrens, im Urwasser! Ja, er warf die Angeln seiner Empfindungen nach ihr, und Kannegi spannte die Netze ihrer Aufmerksamkeit einzig um die Tänzerin. Auch diejenigen im Publikum, die noch entkommen wollten, verfingen sich in ihrem einzigartigen Tanz.

Ihre Drehungen wurden atemberaubend, doch wenn sie plötzlich, ein Bein hoch in den Himmel gerichtet, innehielt, wurde sie eine unvergängliche Skulptur. Mal war ihr Leib weich und schlangenhaft, dann wieder zielsicher, hart wie ein Adler im Anflug. Mal hatte sie die Leichtigkeit einer Gazelle, die dem Jäger davonläuft, dann wieder die Standhaftigkeit eines Kranichs, der inmitten eines tosenden Sturms unbeweglich steht. Fordernd vereinnahmte sie den Raum um sich, war leicht und luftig, und schien doch das Feuer in den Herzen ihrer Betrachter zum Lodern zu bringen.

In vierundzwanzig verschiedenen Stellungen bewegte sie ihre Hände. Sie sprach durch die Symbole der Mudras, die nur die Kenner im Publikum zu deuten wussten. Neun verschiedene Gefühle entstanden, und die Eingeweihten begaben sich neunmal in diese Zustände und erfreuten sich am Betrachten der Gefühle.

Ihr Tanz endete, als sie sich hingebungsvoll auf den Boden legte. Kein Laut mehr. Dann geschah etwas, das schon befürchtet worden war: Der seltsame Fremde, der von weit gekommen war, bot tausend Golddukaten für Madhavi und wollte sie aus Pukar wegführen. Sie nie mehr tanzen sehen zu können, nein, das durfte nicht geschehen! Das Publikum war erstarrt. Auch Ilango, der Dichter, zitterte, als er den Alten beschrieb, der die Einmalige kaufen wollte. Hässlich sei er gewesen, mit Narben im Gesicht und Gier in den Augen. Gesenkt hielt Madhavi ihr Gesicht bei dem Anblick des Lüstlings, wie ein Lamm, das geopfert wird. Noch bevor der Fremde ihr die Kette umlegen konnte, geschah Folgendes: Kowlam blickte einen Moment in das mitgenommene Antlitz seiner Frau, und dann, als wäre er von einem unsichtbaren Seil gezogen, erhob er sich, stürmte in Windeseile zu Madhavi, entriss dem Alten die Kette und legte sie Madhavi um den Hals. Was hatte ihn zu dieser Tat bewegt? War eine geheime Tür in seinem Herzen aufgebrochen, oder war es die Macht seines Karmas, die ihn antrieb, ohne zu zögern sich als zukünftiger Förderer von Madhavis Künsten auszuweisen? »Aha«, raunten die Weisen. »Oh je«, stöhnten leise die Frauen, doch ein leises Graulen, wie aus den Fängen eines Tigers, dem die Beute entflohen ist, war aus den Mündern der jungen Männer zu hören. Daraufhin herrschte Schweigen, bis ein tosender Applaus unter den Bürgern Pukars ausbrach. Sie sahen Kowlam als den Retter. Er hatte mit tausendundein Golddukaten den Alten überboten.

Kannegi sah ehrfürchtig zu der prunkvoll gekleideten Tänzerin auf. Sie fühlte sich ihr weit unterlegen, als stände sie vor einer himmlischen Kriegerin, die ihre ausgebildeten Sinne wie fein geschliffene Waffen einzusetzen wusste. Niemand achtete allerdings darauf, was Kannegi in diesem Moment wirklich fühlte. Nur Ilango, der Dichter, war voller Mitempfinden für seine beiden weiblichen Gestalten. Er befürchtete, dass die Ereignisse sich bald überstürzen würden.

Wie ein unschuldiger Schmetterling sich auf eine schöne Blüte niederlässt, so leicht hatte Kannegi in Madhavis rotgemalte Hände beim Abschied einen Kamm aus Elfenbein und Perlen gelegt. Kannegi hatte von Madhavi einen Armreif aus Perlen als Zeichen ihrer neugewonnenen Freundschaft erhalten. Sie sahen sich, einen Moment nur, als Verbündete. Es schien, als würde die Gottheit des Schicksals aufmerksam auf diese Szene blicken. Einen Augenblick war es nur ihr, der Mächtigen, gewährt, in die Zukunft der beiden Frauen zu blicken. Schon wurde Madhavi auf den Staatselefanten gesetzt und in großem Triumph durch die Straßen geführt.

Mit der selbstbewussten Siegesgewissheit eines Kaufmannsohns, der stolz in die Menge blickt und dessen ganze Männlichkeit zur vollen Kraft erwacht ist, begegnete Kowlam Madhavis Begleiterin Vasantamala. Aber Vasantamala nahm hinter seinen Augen eine gewisse Scheu wahr, die auch ein gut ausgebildeter Krieger hat, der zum ersten Mal aufs Schlachtfeld geführt wird. Kraft und Bereitschaft zum Abenteuer sah sie in ihm, gepaart mit einer gewissen Zurückhaltung. Angst, allzu sehr in weibliche Verführung verwickelt zu werden, die ihn ganz verschlingen könnte, sprach aus seinen Augen. So rangen zwei Gefühle in Kowlams Brust miteinander, schufen jenen Ausdruck um seine vollen Lippen, der ihn so anziehend machte.

Die Stadt redete tagelang von Madhavis Debüt und feierte Kowlam als Ritter. Doch Madhavi blieb für Kowlam ein fernes Wesen. Er hatte kaum Zugang zur Welt der Kurtisanen. Er würde die Frauen beeindrucken müssen, um in ihrer Welt wahrgenommen zu werden. Die Juweliergeschäfte seines Vaters aber hatten einen besonderen Glanz erhalten, denn von nun an waren sie mit dem Namen einer großen Tänzerin verbunden.

Überall, bis weit über die Stadt hinaus verbreitete sich die Nachricht: Eine neue Tänzerin ist geboren, eine Dienerin des Göttlichen, eine Dasi, die jede Stätte in einen heiligen Ort verwandeln konnte. Madhavi als wiedergeborene Apsara ist erschienen, die zum Segen für die Ernte tanzt, für die Fruchtbarkeit der Felder, für Indra, der den Regen bringt, für die ganze Gesellschaft zum Besten!

Verliebt

Angelockt
wurden sie; Gelehrte, wohlhabende Geschäftsmänner und Prinzen kamen von weit her angereist – ihretwegen! Bedeutende Künstler strömten aus allen Himmelsrichtungen herbei, um die Tänzerinnen und Musikerinnen in Madhavis Haus zu sehen und zu hören.

Seit Generationen waren es Frauen, die den weitläufigen Palast belebten. Sie waren Herrinnen, die anmutig durch die hohen Säulengänge wandelten. Jede einzelne Frau war ein Bündel von Kraft. Großmutter Menaka, das weise Oberhaupt, wachte mit beschaulicher Art über allem. Mit dem Glanz in ihren Augen glich sie einer willensstarken Weltenschmiederin. Sie war Königin im Reich ihrer Imagination.

Liebe war eine der vielen Künste, die sie ausübte. Sie konnte wohl zwischen der wahren und falschen

Liebe unterscheiden. Sie kannte die Besorgnis, die eine Liebe unter Ungleichen auslöste. Sie tröstete die Liebhaber, die sich in einseitiger Liebe zu einer Dame verzehrten. Und sie wusste das Liebesspiel für diejenigen zu gestalten, die unfähig waren, die Liebe zu empfinden. Viele ruhmreiche oder gescheiterte Krieger waren zu ihr gekommen. Sie hatten vor den Streitereien und dem Kampf des Lebens Beschaulichkeit und Einkehr gesucht, sie wollten umfangen sein von Zartheit und vom geheimnisvollen Geist der Schönheit. Solch Labsal fanden die unterschiedlichsten Männer im Haus der Kurtisanen!

Auch die Dienerinnen, mehrere Köchinnen und eine noch kindliche Meisterin im Malen der Mandalas, die täglich die Böden mit Zeichen bemalte, wurden in die Kunst der Liebe eingewiesen. Im vorderen Teil des Anwesens lebten zwei starke Frauen, die in den Kampfkünsten ausgebildet waren und die in der Nacht wachten. Ihre erotischen Kunstfertigkeiten fanden Gefallen bei bestimmten Liebhabern. Doch Madhavi war der strahlende Mittelpunkt im Haus, der Liebling aller. Niemand außer ihrer Mutter wusste, wer ihr Vater war, manche glaubten, es sei der König selbst. Madhavi fügte sich, jedoch ohne geringste Herrschaftsansprüche, wie ein Grashalm in der Steppe, überließ das Zepter der Führung des Hauses der klugen Mutter und der weisen Großmutter. Die junge Tänzerin war erst wenige Tage zuvor von ihrem Triumphzug durch kleine Städte und Dörfer zurückgekehrt. An vielen Schreinen hatte ihre Gesellschaft angehalten, um den Götterstatuen mit Tanz und Musik Freude zu bereiten. Es war, als würden sie lächeln, die Statuen aus Granitstein, und mit Sehnsucht auf die Grazie von Madhavi blicken.

An jenem schicksalhaften Tag, an dem Kowlam mit Kannegi zu einem Abendkonzert in den Palast der Frauen geladen waren, erweckte der Vollmond schon am Nachmittag seine Erwartungen. Er legte in die Geschäftigkeit der Bewohnerinnen eine Erregung, die auf Erfüllung in der kommenden Nacht hindeutete. Madhavi goss in die runden Messingschalen Wasser und gab rote und weiße Blüten hinein. Es war, als würde die Vollkommenheit der stummen Blüten zu ihr sprechen: »Heute Nacht«, und als würde der Duft des Weihrauchs schon aus den Messingkesseln strömen, obwohl er noch gar nicht angezündet war, so trunken und wie von Sinnen ging das jungfräuliche Mädchen durchs Haus. Am späten Nachmittag, als die Sonne nah bei ihrem Liebling, der Erde, sanftmütig zu scheinen begann und die Dinge mild gestimmt waren, trafen die ersten Gäste ein, unter denen auch Kowlam und Kannegi waren. Für beide war es der erste Besuch in diesem Haus. Die schweren, weinroten und mit goldenen Blumen bestickten Seidenbahnen, in die Kannegi gekleidet war, bildeten einen strengen Kontrast zu ihrer weichen Jugend. Sie sah andächtig durch das weite

Portal hinein. Vom Licht der untergehenden Sonne bestrahlt erschien Vasantamala, Madhavis Begleiterin, wie ein Wesen aus einer anderen Welt. Die Besucher wurden von ihr mit Rosenwasser als Willkommensgruß besprenkelte. Der kupferne Schimmer, den die tiefstehende Sonne in die langen Korridore warf, die sich hinter ovalen Türbögen auftaten, schien diese in einen Zauberschlund zu verwandeln. In welche Welt wurden sie geführt? »Ein mit Goldstaub gesegnetes Reich«, dachte Kannegi ehrfürchtig, als sie verhalten hineinschritt. Musikinstrumente waren zwischen geschnitzten Sandelholzsäulen aufgestellt. Links öffnete sich ein Innenhof voller blühender Büsche. Die noch leere Konzerthalle lag am Ende des Ganges und war von einem Donnerkeil beherrscht. Die Waffe des Indra thronte über den unbesetzten, brokatverzierten Bodenstühlen. Kowlam, in türkisfarbene Seide gekleidet, sah mit Staunen auf die mächtigen Dinge. Ein Glitzern lag in seinen Augen.

Madhavis Mutter, Chitrapati, erschien im dunkelblauen Sari durch eine kleine Nebentür, reichte Fächer zur Begrüßung und bat Vasantamala mit leichtem Handwinken, dem jungen Paar den hochgerühmten Garten zu zeigen und ihnen noch eine Weile die Zeit zu vertreiben.

Welch ein Paradies! Da eine Blütenpracht aus Orchideen, in denen rote und weiße Linien zusammen wirbelten und die verführerisch ihren Erhalter, einen markanten alten Baum, umschlangen; dort grüne Bambushaine ohne Blüten. Winzige Nelken winkten vom Boden herauf wie blaue Sterne. Düfte betörten Kannegi. Kowlam wurde vom Blinken des dahinfließenden Wassers, eines Nebenflusses der Kaveri, gefesselt. Wie es durch die trockenen Äste und Verzweigungen kleinerer Büsche schimmerte, machte ihn nachdenklich. Wohin floss das Glitzern? Das ruhelose Wasser schien mit der träg daliegenden Erde befreundet. Die tänzelnde, durchsichtige Linie des Ufers umschwärmte den ruhigen, dunklen Boden. Der feste Grund und das flüssige Bächlein beendeten ihre Liebelei dort, wo sie miteinander zum Meer wurden. Die östliche Grenze des Gartens bildete also der Meeresstrand. Kowlam seufzte! Er fühlte eine nicht gelebte Ekstase in sich, lautlos!

Auf dem Rückweg zum Haus wechselten würzig duftende Mangobäume sich mit den wedelnden Fächern der Palmen ab. Merkwürdig raschelten die Blätter des Bobaums, ja, sie lachten, als wären sie die Deuter eines Ereignisses, das sich anzubahnen schien. Verheißungsvolles lag in der Luft! Welchen Ausgang würde der Abend nehmen? Der Kuckuck sang seine Abendweise, als wollte er sich zum Heeresführer großer Gefühle aufspielen. In einem Teich lagen die zur Abendzeit schon geschlossenen Lotosblüten wie Tropfen auf schwimmenden Blättern: traurig, wie aufgefangene Tränen aus einer anderen Welt! »Umgeben mich Wesen, die den dahinscheidenden Tag beweint haben, weil sie etwas Bedeutungsvolles in der kommenden Nacht fürchten?«, fragte sich betreten Kannegi und betrachtete, wie ein weit verzweigter Luftwurzelbaum Schatten für stachelige Kakteen spendete. Waren sie eine Gefahr für Unaufmerksame? Die herabhängenden Äste, die bald Wurzeln sein würden, bildeten um den Baumriesen ein Rund, und es lugten die weisen Augen eines Elefanten hindurch. Liebevoll. Er stand neben Steinen, auf denen Opfergaben lagen, um die Götter herbeizurufen. Vasantamala reichte dem glücksbringenden Elfenbeinträger eine ganze Staude Bananen.

Die makellose Stirn des Firmaments, blass und transparent, errötete und gab der farbenfrohen Pflanzenwelt eine feine Beleuchtung, als die herannahende Abenddämmerung die Weite des Himmels berührte. Was konnte noch geschehen? Kannegi glich einer purpurnen, grazil sich windenden Ranke. Die Schlingpflanze braucht den Baum als Halt, Kannegis Herz lebte durch Kowlams Anwesenheit. Als sie ihn von der Seite anblickte, war er ein Baum, der still gewähren lässt. Oder war er unbeteiligt geworden? Sie war plötzlich unsicher über die Gedanken ihres Mannes. Auf der roten, staubigen Erde lagen Teile der abgeschälten Rinde, Kunstwerke, die längst tot waren.

Noch wurde ihre Ungewissheit durch den Anblick von zahlreichen kleinen Lämpchen zerstreut. Sie winkten ihr zu: »Kommt, kehrt ein zum Schauspiel!« Zirpend wie ein Singvogel verwies Vasantamala die beiden Gäste, nachdem sie in der voll besetzen Konzerthalle angelangt waren, auf ihre Plätze. Die Angehörigen des Königshofs saßen vorne, neben ihnen waren Plätze freigehalten. Er war für die Urahnen von Madhavi bestimmt, für die himmlische Apsara und den weisen Yogi.

Chitrapati bedankte sich mit ausgewählten Worten für die Gaben, die Madhavi während der letzten Wochen aus Kowlams Juwelenhandel empfangen hatte. Kowlam erhob sich und überreichte Chitrapati noch ein Geschenk. Es war ein großer Diamant. Aufsehen sollte dieser Stein erregen, denn Kowlam wollte den Reichtum seiner Väter aufzeigen.

Muss er wie der Pfau, der sein Rad schlägt, umherstolzieren, um Madhavi zu beeindrucken?, fragte sich Ilango, als er beschrieb, wie sich schon in ganz Pukar herumgesprochen hatte, dass Kowlam Spenden verteilte und Kranken und Bedürftigen half, seitdem er die Girlande um Madhavi gelegt hatte.

Stille breitete sich aus, als Madhavis Großmutter Menaka, von königsblauen Seidenbahnen umwickelt, den Raum betrat, sich verneigte und niederließ. Die legendäre Vinaspielerin nahm eine so aufrechte Körperhaltung ein, dass auch die Gäste aufrechter saßen. Menaka stimmte das Instrument, ein Aufschrei aus den Saiten ertönte, der gebändigt wurde durch gleitende Töne.

Madhavi, gekleidet in himmelblaue Seide, floss bescheiden wie ein Bächlein zum Tal in den Raum hinein und saß sogleich hinter der zweiten Vina, die neben der größeren von Großmutter Menaka am Boden lag. Sie wirkte viel kleiner, als Kowlam sie in Erinnerung hatte, wahrscheinlich war es die Pracht ihres Tanzes gewesen, der sie damals über ihren natürlichen Wuchs hinausgehoben hatte. Ohne weitere Ankündigung, wie die Landung eines Kranichschwarms, begannen beide mit der Melodie. Als würde die Großmutter rufen und laut locken und die Enkelin geschickt und klug antworten, so entwickelte sich ein Dialog aus Klängen. Die Zwiesprache ergriff die Lauschenden. Kowlam, von seiner Mutter in die Kunst des Vinaspielens eingewiesen, stimmte mit einer inneren, aber ekstatischen Stimme in die Melodien ein. Wie der Fluss draußen im Garten sich ins Meer auflöste, so tauchte er in die Musik ein. Erst als das Lied vorbei war und er die Augen öffnete, begegnete er Madhavis Blick. Sein Herz stand still. Kannte er Madhavi aus einer anderen Zeit? Sie senkte scheu ihre Augen. Daraufhin wurde Kowlam unruhig, seine Augen suchten nach Halt. Doch nichts konnte seinen Blick mehr fesseln, immer wieder glitt er zu Madhavi. Festes wird flüssig, und wenn der Liebesgott, Kama, seine Pfeile wieder einmal treffsicher abgeschickt hat, dann vergehen zwei Lebenslinien im Meer der Sehnsucht.

Noch waren all die anderen trunken von der Schönheit der Musik beider Frauen, nahmen schlafwandlerisch kostbare Speisen zu sich – nur Kowlam war wach. Einzig ein erneuter Blick aus Madhavis Augen würde ihn beruhigen. Aber er konnte Madhavi nicht noch einmal in die Augen sehen, es waren zu viele Bewunderer dicht um sie gedrängt, bildeten einen Ring, umschwirrten und belagerten sie. Ihr klirrendes Lachen läutete und übertönte all die anderen Geräusche. Er verließ schweigend mit Kannegi das Haus.

Er träumte in der Nacht von Madhavi und sandte gleich am nächsten Morgen eine Botschaft in ihr Haus. Er wollte empfangen werden. Die einfühlsame Kannegi hatte die Verzauberung Kowlams durch Madhavi wohl bemerkt, aber wollte nicht weiter darüber nachdenken. Sie traute sich nicht, in Madhavi eine Rivalin zu sehen, denn sie fühlte sich deren Kunstfertigkeit und ihrem stilsicheren Benehmen nicht gewachsen. Über Madhavis Haus wurde mit Scheu, und auch ein wenig Neugierde, gesprochen; niemand näherte sich ihm ganz unbefangen. Kannegi nahm es ganz natürlich hin, dass auch ihr Mann von jenem Ort angezogen wurde.

So ließ sie es geschehen, dass er sich am nächsten Abend zu Madhavis Palast begab.

Kowlam hatte die Tücher aus weißen Baumwollstoffen straff um die schmalen Hüften gebunden, so dass seine nackte Brust erhaben darüberragte, dazu ein loses Tuch mit Goldstickereien über die linke Schulter geworfen, als er Kannegi verließ. Seine scharfen Züge blickten ins Weite, auf ein zu eroberndes Ziel, geradeaus, gaben seinem Gesicht den Ausdruck eines Adlers, den Augen den Raubvogelblick. Alles Sanfte war von ihm gewichen. Madhavis Mutter öffnete ihm die Tür, nahm seinen forschen Gang mit der Weisheit einer älteren Kurtisane wahr. »Nichts Zögerliches hat er mehr, er ist ein Löwe«, dachte sie und sprach an diesem heißen Abend zu ihm: »In diesen Nächten ahnen wir die Ankunft der Regenzeit und lechzen nach ihr, trotzdem müssen wir uns in Geduld üben, denn der Regen ist nicht lenkbar, aber alles, was in unserer weiblichen Macht steht, werden wir tun, um ihn nicht zu vertreiben. All die Wolken, die er mit sich bringt, lernen wir zu ertragen, auch wenn er uns die Sonne entreißt. Es ist unser Dharma, auf diesen Regen zu warten.«

»Nur eine berühmte Kurtisane kann so geschickte Wortspiele machen und die Gedanken eines Mannes lesen«, dachte der auf Madhavi wartende Kowlam.

Madhavi kam. Ihr Gewand war indigofarben wie das Meer, wenn es Nacht wird oder wenn die großen Gewitter sich entladen wollen. Er schaute nicht in Madhavis Gesicht, suchte nicht ihre Augen, er nahm ihren wellenartigen Gang auf. Seine Gedanken kenterten, er wurde vom Anker losgerissen, von jeder verbindenden Schnur befreit.

Madhavi kam leicht daher, fragte vorsichtig, ihr feinfühliges Wesen entblößend, ob ihm der Gedanke, auf die Dachterrasse zu gehen, gefallen würde oder nicht:

»Unser Dachgarten offenbart einen Blick über die Stadt und weit hinaus aufs Meer.«

Und ob er dort hinaufgehen wollte! Es brauchte keine Worte, nur sein bestimmendes Lächeln, schon lag die Welt unter ihm. Hier im Mondlicht sprachen sie miteinander. Ihm war, als würde er aus einem langen Schlaf erwachen, sich ganz neu entdecken. Schlagfertig fand er Antworten auf Madhavis witzige Fragen, und auch er wusste ihr immer neue zu stellen. Noch bevor er aufbrechen konnte, verwickelte Madhavi ihn in einen kleinen Streit und täuschte vor, wütend zu sein. Um sie zu besänftigen, kam Kowlam Madhavi näher. Er streifte ganz behutsam, als wäre er vom Gott der Lust beseelt, den nachtblauen Stoff um Madhavi, der die beiden Verliebten noch wie ein Schleier zu Illusionen zwang, beiseite. Seine Augen lagen auf Madhavis Nacktheit, die seidig und fein war wie ein kleines frisch gewachsenes Blatt. Eine sich öffnende Blüte, die erstmals ihren Duft preisgab, tat sich vor ihm auf. Was für eine Wirklichkeit beendete seine Träume, auf dass er sich in den Anblick einer Landschaft aus Hügeln, Auen und kleinen Wäldchen verlor, denn nicht anders nahm er Madhavis Körper wahr, und er begann deren Schönheit mit den Augen und den Händen, mit seinem ganzen Selbst zu kosten. Bald verwischten sich die Grenzen zwischen beiden. So wie sich die Erdlinie und die Wasserlinie im blauen Dunst der Weite vereinigen, so vereinigten sie sich und waren weit, weit fort, genossen den Garten der Lust mit der Unschuld aufblühender Knospen, die sich ohne Wenn und Aber zur Sonne hin öffnen.

Immer öfter angelockt von der Anziehung, die Madhavi auf ihn ausübte, verbrachte Kowlam seine Abende von nun an mit ihr. Kannegi blieb allein. Es lag nicht in ihrer Natur zu klagen, sie hatte ein ausgeglichenes Wesen, das Kowlams Glück in solcher Weise ertrug, wie die Erde einen Sturm über sich ergehen lässt. Nie hörte sie auf, sanftmütig mit ihrem treuen Rehaugenblick auf seine Rückkehr zu warten. Doch kam er auch am Tag nicht zurück, wurde sie nachdenklich. Abends, wenn die Sonne sank, schrieb sie selbstverloren mit schönen Buchstaben auf ein Palmblatt:

Eine Frucht der Wonne,
abends mir nah,
prächtig und rot,
vergeht die Sonne.
Ich bleib allein,
die stille Nacht
schluckt alles auf
holt alles ein!

Spielerisch
schloss sich ein unsichtbares Band zwischen Kowlam und Madhavi. Sie waren ineinander gefangen. Doch war ihnen dieses Gefesseltsein wie Balsam. Ohne an den anderen zu denken, waren sie unfähig zu Taten. Lange sahen sie einander an, lächelten sich in die Augen, kein Wort fiel. Sie waren trunken. Sie nahmen nur noch das wahr, was ihren Rausch noch vermehren konnte. Im eigenen Haus zeigte Kowlam sich vor Kannegi gleichgültig, versuchte alle Spuren seiner neuen Liebe unsichtbar zu machen. Nichts, gar nichts wollte er von seiner gewaltigen Leidenschaft entblößen. Immer öfters abwesend von Kannegis Gemächern, in die er bald gar nicht mehr zurückkehrte, wurde seine Zuneigung zu der Tänzerin überall in der Stadt bekannt.

Der Dichter Ilango fühlte sich der leidenden Kannegi verbunden und dichtete:

»Als würde ein Vorhang vorgezogen, hinter dem die Erde ohne die Sonne allein in der Abenddämmerung zurückgelassen wird, und als würde diese einsam gewordene Erde ausrufen: ›Meine Gebieter, die Sonne ist fort, aber mein Liebster, der Mond, ist noch nicht gekommen‹, so fühlen sich die von ihren Männern verlassenen Frauen. Kannegi ist in Pukar mit ihrem Schmerz nicht allein. Die Einsamkeit der Erde während der Dämmerung spiegelt die Düsternis vieler verlassener Frauen wieder. Doch wenn der junge Mond aufsteigt und seine zarte Sichel mild in die dunkelsten Winkel strahlt, sind es die Tränen der schwach und zerbrechlich gewordenen Kannegis, die seine Kühle suchen. Sie huschen an der Schwermut vorbei. Weinende Augen sehen Armreifen im Schein der Laternen glitzern. An das Feuer der brennenden Öllampen des Altars klammert sich ein ängstlich gewordenes Herz. Kannegi sucht Trost im Licht! Sie scheint die Spielerin zu sein, die jedes Spiel erneut verliert!«

Und Ilango beschrieb das Leid der einen als die Lust der anderen:

»In der Dunkelheit des Abends eilt Kowlam in die sich herabsenkende Nacht hinein, wirkt, als würde er ihre Schwärze freundlich grüßen, begibt sich durch ihr verheißungsvolles Spalier zu Madhavis Haus. Hoch oben, im überdachten Raum neben der großen Terrasse mit den offenen Wänden, findet er Madhavi auf ihrem Lager. Die Kleidung ist ihr von der Hüfte geglitten und hat die lockere Korallenschnur, die ihre schmale Taille umgibt, kunstvoll verschoben. Zärtlich streichelt der Südwind über die Matten aus Reisstroh, und Madhavi, in sehnsuchtsvoller Stimmung, schenkt ihrem Liebhaber auf der mondbeschienenen Terrasse abwechselnd die Liebesvereinigung, triumphiert in ihrem eleganten Liebreiz, dann den Liebesstreit, treibt ihren Geliebten mit aufgesetzter Gleichgültigkeit und vorgetäuschtem Zorn in den Abgrund. Ihre Verspieltheit offenbart eine über alle Maßen gewachsene Zuneigung, zeigt ihm die ganze Blöße eines liebenden Herzens. Räucherwerk, vermischt mit der reinen Luft der Nacht, umgibt die Liebenden, und Kowlam streicht in einer Pause in ihrem Spiel die kühlende Sandelholzpaste aus den östlichen Bergen auf Madhavis Brüste.

Behutsam wie der Gang des Schwans, zieht allmählich die Morgendämmerung heran und Madhavis langes Haar gleicht einem schwarzen Strand, der ihren feuchten Leib umgibt. Kowlam sucht Erholung in dem trockenen Haar und taucht doch immer wieder in die nassen Ströme, die die Lust erzeugt.

Beide erwachen, der Vogel lockt das Licht herbei. Erfüllt von der Liebe öffnet Madhavi langsam ihre korallenroten Lippen, sie erblühen wie ein Lotos. Aus einem Meer aus Seligkeit blicken durch lange Wimpern die großen, vom Glück geröteten Augen Madhavis in den heraufziehenden Tag.

»Ja, gut hat er diese Nacht gewacht, jener Prinz, der junge Kama mit dem Fischbanner und dem Zuckerrohr als Bogen, seine fünf Blütenpfeile aus Jasmin, Lilien, Aschokablüten und blauem und rotem Lotos konnte er vielmals senden«, flüstert ein betört wirkender Kowlam seiner Geliebten in ihr kleines Ohr.

Leichtsinnig

wie eine Dirne gibt sich die Finsternis dem heranschwellenden Licht hin. Nachdem sie sich zunächst noch geziert hat, um in ihrem Geliebten das Feuer zu schüren, vergeht sie bald schon vor seiner Allmacht. Und wie ein Liebhaber von der Koketterie seiner Auserwählten erregt wird, so kräftig sendet auch die Sonne ihre heißen Strahlen aus, um die Dunkelheit zu erobern und die Finsternis zu überwältigen. Noch bevor sie scheinend und prächtig am Himmel steht, wird der Tag geboren.

Ach, im frühmorgendlichen Zwielicht eines Liebesspiels aus hell und dunkel wirkte die Erde wie ein unberührtes Mädchen, das melancholisch in Roben aus Meereswellen gehüllt, mit Ornamenten aus Flüssen bedeckt und mit einer Haarpracht aus Wolken versehen, langsam erwacht. Die Jungfrau aber wird heiter mit dem Sieg des Lichts.

Und auch die Fröhlichkeit der Bürger Pukars an jenem Morgen, als die Sonne in das Sternbild des Cittrai wanderte, welches der Anlass eines tagelang währenden Festes zu Ehren des Herrschers der Himmel, des ungekrönten Königs der Planeten, des Indras, war, steckte die vom nächtlichen Zechen trunkenen Edelmänner an. Haltlos und übernächtigt zogen sie durch die Straßen. Sie würden den dunklen Rausch, den sie mit den Kurtisanen erlebt hatten, niemals vergessen. Doch als ihre

Sehnsucht erfüllt war, fiel die Begierde von ihnen ab und erlosch wie ein Komet. Es war, als wäre Kama von Yama, dem Todesgott, besiegt worden.

Sie lachten und scherzten gedankenlos mit den aufgelösten Frauen. Unter den Ausgelassenen waren auch Madhavi und Kowlam. Haltlos sangen sie freche Lieder:

»Will denn der Träger des Bogens aus Zuckerrohr, will Kama, der Gott der Liebe, will jener Faun denn immer wieder auferstehen und sich an den Nektartropfen dieser wollüstigen Mondnächte berauschen, uns mit seinen Pfeilen, mit dem Gift der Verzauberung bestückt, quälen?«, spaßte Madhavi in den doppeldeutigen Versen.

»Ach, mein Mädchen mit dem geweiteten Maul zwischen den Beinen, oh, du mit deinem Liebesmund, der alles frisst – der wie Yama mich auflösen will, bleib bei mir! Hast du dem Tod plötzlich Angst vor den Segnungen der Liebe eingejagt? Oh, schöne Frau, hast du dich in den Vernichter selbst verwandelt? Oder hat der mächtige Yama sich in Verlangen verwandelt und sich im blumengleichen Eingang deiner Höhle niedergelassen? Ach, nicht mehr zu unterscheiden weiß ich Kama von Yama. Wurde Yama beschworen, sich zurückzuziehen und seine Dharma des Tötens aufzugeben? Wo war er, als meine Triebe immer wieder neu erwachten?«, neckte Kowlam.

»Oh, Kama, Gott der Lüste, willst du jetzt Yamas Aufgabe übernehmen und gar zum Gott des Todes werden?«, witzelten die Kurtisanen. Sie sahen einander in ausgelassener Art und Weise an und berauschten sich weiter an den Kräutern, die am frühen Morgen Indra geopfert worden waren, um die Nähe zwischen Liebe und Tod zu vergessen.

Überall vor den Häusern lagen Liebesgaben der Bürger für Indra aus gekochtem Getreide, süßen Sesamspeisen, Blumen und Räucherwerk. Niemand mehr war verwundert, als die alten, weisen Frauen sich ganz ohne Schamgefühl den Tunankaitänzen hingaben, um dem Sonnengott, ihrem Wonnespender, vergnüglich zu huldigen. Welch Anblick aber boten die jungen Krieger der Stadt! Ihre blutüberströmten Lanzen waren in die Höhe gehalten und aus ihren Augen prasselte das Feuer nieder: Wehe dem Feind, er würde verbrennen, würde er es wagen, die geweihte Feier zu Ehren des Gottes der Götter zu stören.

Die Erwartung stieg, als die Sonne ihren höchsten Stand erreicht hatte. Durch glühende Gassen rauschte das Fest. Madhavi und ihre Gefolgschaft sangen die Lieder des Sommers mit einer Ironie, die Geschicklichkeit und Meisterschaft im Umgang mit der Lust entblößte und der Verführung einen Bann auferlegte. Leichten Sinnes, mit überschäumender Laune, schon im Delirium jenseits von schwarz und weiß, kosteten sie vom Wein der Göttergaben.

»Kann sich denn niemand diesem unsinnig liebestollen Volk in den Weg stellen und den Irrsinn ihres Entzückens beenden? Wie ausgelassen sie jauchzen! Seht ihre von den langwierigen Liebesspielen der Nächte geröteten Augen!«, rief ein unbeteiligter Bürger Pukars und fragte sich: »Gibt es denn in dieser weiten Welt keine Medizin, welche die Röte in den Augen unseres Weibervolks, die von den zu leichtsinnig verspielten Nächten herkommt, noch heilen kann?«

*U*nvollkommen

sind die Liebenden, denn sie meinen, die Vergänglichkeit mit der Kraft ihrer Liebe besiegen zu können. Sie glauben, dass sie jene, die sie leidenschaftlich mit Gefühlen umhegen, festhalten können, je mehr ihr Empfinden für sie zunimmt. Der ständige Wandel wird ihnen aber einen Streich spielen. Begierde wird nicht aufhören, sich das Ziel ihrer Lust immer höher zu stecken. Bevor die Begierde das Ersehnte jedoch vollkommen genießen kann, wird die Lust vergangen sein.

»Mein Korallenmund, meine zarte Dame, ich will dir heute zu Indras Opferstätte folgen und zusehen, wie ganz Pukar auf den Beinen ist, um deine Tänze zu betrachten«, sprach am nächsten Tag der noch liebestrunkene Kowlam. Als Madhavi mit Kowlam im Einspanner auf dem großen Platz ankam, brach Jubel und Begeisterung in der Menge aus. Durch eine Gasse aus Bewunderern ging Madhavi, eine Königin, zur Mitte des Platzes.

»Seht, da kommt Madhavi, die Urenkelin der Apsara«, sprachen bewundernd einige der Älteren zu den Jüngeren. Madhavi lächelte in ein für die anderen unsichtbares Antlitz. Sie grüßte den Yogi, der unsichtbar unter den himmlischen Musikern saß. Auch die luftgeborene Apsara winkte nur für Madhavi erkennbar aus den Winden. Die Bewohner Pukars hingen bewundernd an dem geheimnisvollen Lächeln Madhavis. Für jene, die himmlische Wesen nicht erschauen konnten, war Madhavis Lächeln der Beweis: Es gab sie, die göttlichen Wesen, und sie waren in der Nähe.

»Sieh, dort am westlichen Himmel ist der Tanz Shivas zu sehen«, begeisterte sich Kowlam. Nachdem Vasantamala mit ihrer Truppe eingezogen war und die graziösen Tänze begannen, wurde auch Madhavi auf die Bühne getragen, und sie tanzte himmlisch!

»Sie ist eine Göttin, die unter uns weilt. Die schönste Frau der drei Welten«, so und anders ertönte es in der Menge. Kowlam sah an jenem heißen Mittag die Macht, mit der Madhavi die Leute berauschte. Er stand allein in der Menge. Madhavi, sein wundersamer Engel, wurde unerreichbar für ihn, hier schien sie allen zu gehören. Schaudernd sah er die Verbrennungsstätten, wo Kali, die Göttin der Zerstörung, die Bluttrinkerin, schon immer ihre wilden Tänze tanzte. Kali macht keinen falschen

Schritt, denn jeder Schritt bedeutet Leben oder Tod. Kali tanzt perfekt im Rhythmus, ohne Makel. Es war Madhavi, die die gefährlichen Tänze der Furcht erregenden Kali wiederholte. Durch Madhavi wurde Kali, die Göttliche, sichtbar. Deshalb wurde auch Madhavi über die Maßen verehrt.

Kowlam hatte sein Vermögen an Arme und Kranke gegeben, um in Madhavis Augen Ansehen zu gewinnen. Plötzlich setzte ein Unbehagen bei ihm ein, er begann sich zu fürchten, dass sein dahinschwindender Reichtum ihn ohnmächtig machen und sich sein Einfluss auf diese einzigartige Frau verringern könnte. Inmitten eines Feenreichs aus Tanzenden wirkte er ernüchtert, empfand sich nichtig neben Madhavi, die wie ein Stern am Himmel strahlte. Während alles in den Straßen Pukars ausgelassen feierte und tanzte, fühlte Kowlam, wie sein Glücksstern sank.

Als das Festspiel zu Ende war, ahnte Madhavi, dass Schwermut auf Kowlams Herzen lag.

Um Kowlams Missstimmung zu besänftigen, badete Madhavi ihr langes Haar in Duftrauch und parfümierte sich mit Öl aus zehn verschiedenen Mineralien, fünf Gewürzen und zweiunddreißig Kräutern. Sie schmückte sich mit roten Korallen und schob kleine Ringe auf ihre schlanken Fußzehen, ihre rotgefärbten Füße bedeckte sie mit goldenen Spangen und streifte Reifen um ihre Sehnen. Sogar ihre Schenkel verzierte sie mit Ornamenten aus kleinen Diamanten. Ihren zarten Hals umschloss eine feingemeißelte Kette mit fünf Schnüren, die ein Smaragd zusammenhielt. Ihre Oberarme umschnürte sie mit Perlen und streifte auf ihr feinbehaartes Handgelenk goldene Armreifen, bestückt mit Korallen, Perlmut und Saphiren. Um ihre Taille befestigte sie einen silbernen Gürtel. Auf ihre feingliedrigen Finger steckte sie Ringe, die Fischen mit geöffneten Mündern glichen. Sie schenkte Kowlam das erlösende Liebesspiel und hinterher einen kleinen, schmollenden Liebesstreit. Die Dunkelheit kam, und der Schwan auf dem Lotosteich ließ einen Schrei erklingen.

Madhavi schaute von der Terrasse ihres Hauses durch den Garten hinüber zum Ufer des Nebenarms der Kaveri. Viele kleine Schiffe mit Lichtern sah sie in der Abenddämmerung flussabwärts ins Meer treiben. Als wäre die Glücksgöttin Srilakshmi überall in den Häusern selbst anwesend gewesen, so feierlich erschien die Stadt auf der anderen Seite des Flussufers. Weil Madhavis Liebe für Kowlam übermächtig war, musste sie sich als seine Gegnerin ausgeben, um ihn daran zu erinnern, wie es um ihr liebendes Herz bestellt war. Aus reinem Übermut wollte sie gegen ihn ankämpfen, ersann einen Streit und wurde doch gleich darauf wieder die sanftmütige Verführerin. Sie plante, mit doppelter Strategie Kowlam zu gefallen, um ihm ihre Zuneigung zu zeigen. Sie wollte sich seiner vergewissern, und das wurde ihr zum Verhängnis.

Als das Paar, begleitet von seiner Gefolgschaft, spät am Abend hinaus an den Strand zog, leuchtete der weiße Sand im Mondlicht, so dass jedes einzelne Korn wie ein winziger Kristall blinkte. Die Fischer hatten Tausende von Laternen aufgestellt und ein Podest aufgebaut. Als sie darauf Platz genommen hatten, konnten sie auf die Weite des Meeres blicken. Überall am nächtlichen Strand bildeten aristokratische Kaufleute mit ihrem Gefolge kleine Gruppen.

Madhavi summte ein Lied und blickte liebevoll in Kowlams Gesicht, sah die Seele eines Mannes, der Erlösung sucht. Schwarz war die Grenzenlosigkeit zwischen Himmel und Meer zur Zeit der Nacht, als wären auch Liebe und Tod, Vereinigung und Trennung ohne Grenzen. Sie stimmte die Laute und reichte sie Kowlam. Er spielte zuerst. Aus der melancholischen Melodie las Madhavi seine Gedanken, fühlte seinen inneren Zwiespalt, spürte bei seinem Lied zu Ehren des Flusses Kaveri, dass er an seine Frau zu Hause dachte. Er dichtete Verse darüber, wie das dahinfließende Wasser ungetrübt bleibt, was immer auch der König tut. Er beschrieb den König als Mann, der sein Reich ausdehnt und neue Flüsse in sein Reich eingliedert. Aber sein heimatlicher Fluss, die Kaveri – und damit meinte er seine Frau Kannegi – blieb ihm treu und wartete geduldig auf seine Rückkehr. Er besang die Reinheit der Kaveri und verglich sie mit der Treue eines liebenden Weibes. Madhavi, die sofort wusste, dass sie mit der mächtigen Ganga verglichen wurde, die der König erobert hatte, als er die Grenzen seines Reichs ausgedehnt hatte, fühlte sich herausgefordert und antwortete auf ihre Art und Weise, die einer gebildeten Kurtisane würdig war. Sie nahm das Konzert als einen Gesangswettstreit an und verglich in ihren Versen Kowlam mit einem König, der seine Pflichten vernachlässigt und seinen heimatlichen Fluss nicht genug beschützt hat. Sie pries die Schönheit des Flusses Kaveri und meinte die treue Kannegi. Sie beschrieb die Fische im Fluss als Kannegis Augen und das Schilf am Ufer als ihr Haar, die Wasserblumen als ihren Schmuck. Dabei unterließ sie nicht, Kowlam darauf hinzuweisen, dass er einem König glich, der seinen eigenen Fluss unbeaufsichtigt lässt und große Eroberungsfeldzüge unternimmt.

Kowlams Laune verfinsterte sich. Eine Brustkette aus funkelnden Diamanten bedeckte seine Halsgrube wie eine verschwenderische kleine Wolke ein Tal überdeckt. Er nahm die Laute aus Madhavis Hand und dichtete einen Gesang, dessen Melodie düster wirkte: Eine Gruppe von Sängern, die vorbeikam, stimmte in den Refrain ein, der weit hinaus aufs Meer hallte:

Unschuldiger Schwan, bleib fort,
dein Gang kann sich mit dem ihren nicht vergleichen,
bleib fern,
ihr Spiel sind Männer.

»Wie kommt es, oh Herr«, fragte ein vorbeigehender Bürger Pukars Kowlam, »dass Männer am Meeresufer Liebesschwüre machen, um sie dann zu brechen?« Und ein anderer Zuhörer wandte sich an Kowlam: »Wenn die Bienen irrtümlich die blauen Augen unserer Mädchen für die blauen Lotosblüten im Wasser halten, wenn die weißen Lilien beim Anblick der goldenen Armreife und der diamantenen Ketten der Mädchen ihre Blüten öffnen, weil sie diese irrtümlich für die Sonne halten, wenn verloren gegangene Blüten aus den Haaren unserer Mädchen fallen, oh, und wir sie für Blicke halten, die verwünschen – wie, Herr, kann unser Pukar bei so viel Illusion weiter als unsere Heimat bestehen?«

Kowlam schwieg und blickte in die Weite. Madhavi litt unter dem düsteren Spott hinter Kowlams Gesängen. Sie würde ihm mit einem Lied entgegnen, das ihre Klugheit unter Beweis stellen und ihre weibliche Überlegenheit offenbaren würde. Obwohl ihr schwer ums Herz war, blieb ihr Verstand scharf wie ein Messer. Während sie die Weise sang, die die Zerbrechlichkeit der Liebe offenbarte, spielte sie die Laute so zauberhaft, dass die Erde verstummte und alle, die in der Umgebung zuhörten, in einen Traum verfielen. Von welcher Meisterschaft war ihre Kunst! Ihre Stimme war von solcher Lieblichkeit, dass sie wie Nektar weit hinaus übers Meer in die Unendlichkeit floss. Selbst Varuni, der Regengott, lauschte weit draußen im Meer. Agni, der Feuergott, sah aus den brennenden Lämpchen hervor und verlöschte allmählich, und Vayu, der Windgott, hielt inne, so dass es still um die einzigartig Musizierende war. Sie besang die Liebe, und weil sie wusste, dass die Intensität der Gefühle die Lust durch einen einzigen Misston in Abneigung umkehren kann, war sie in der Wahl ihrer Worte verschlüsselt und bedächtig.

Kowlam lauschte gebannt. Die Anspielung, dass er der König war, der sein Dharma nicht halten kann und zu Hause seinen Fluss nicht hütet, war eine entsetzliche Anschuldigung gewesen. Schon erschienen ihm die von Tränen geröteten Augen Kannegis und die vom Liebesspiel geröteten Augen Madhavis als ein Augenpaar. Konnte er zwei Frauen halten, so wie der König die Landschaft zwischen zwei Flüssen befestigt? Und warum musste dieses Mädchen, deren Stimme weit hinaus aufs Meer wandern konnte, ihn daran erinnern?

Doch Madhavi wollte ihn nicht verletzen, sie gab mit diesem letzten Lied nur Antwort auf seine Lieder, die sie tief getroffen hatten. Sie spielte die Wütende, ohne ihm in ihrem Herzen zürnen zu können.

»Jetzt wird die, welche er mit dem Schwan verglichen hat, große Gefühle zeigen«, sagte sie leise und steigerte die Leidenschaft ihrer Musik ins Unermessliche. Alle, die am Meeresufer saßen, begannen zu weinen.

Kranich, steh nicht so still im Teich,
ihm war meine Unschuld bekannt,
warum nahm mich der Prinz vom fernen Strand?

Madhavi hielt mit ihrem Gesang für einen Moment inne. Sie schien nachzusinnen und in der Tiefe ihres Gemüts zu forschen. »Kowlam kannte längst den Unterschied zwischen der männlichen und der weiblichen Krabbe, als er zu mir kam. Ich war die unschuldige Jungfrau, die nichts wusste, und doch sang er mir die Liebe als ein einfaches Lied vor.« Sie dichtete die letzte Strophe ihres Liedes:

Kranich, fliege fort,
der Prinz ist ein Mann,
der eine Frau vergessen will,
die nicht vergessen kann!

Der verstimmte Kowlam wurde eifersüchtig: »Sie gibt vor, ein Lied an den Kranich zu singen, und denkt dabei an einen Prinzen. In Wirklichkeit liebt sie einen anderen Mann!« Er glaubte, dass sie mit seiner Unsicherheit ein Spiel trieb, bei dem er den Überblick verlieren würde.

»Während ich meine Lieder unschuldig an die Kaveri sang, hat diese Frau mit ihren Künsten ihre Lieder nur als Vorwand benutzt, um an einen anderen zu denken. Sie ist eine Künstlerin, eine vollendete Schnitzerin, die aus einfachen Gefühlen komplexe Werke schafft. Letztlich ist alles künstlich an ihr. Was an ihr ist echt?

Mädchen, du bist eine Tänzerin, die Gefühle vorspielt, und weil du eine Kurtisane bist, werde ich jetzt fortgehen und nie mehr zurückkehren!« Mit diesen Worten stand er auf. Er fühlte sich ohnmächtig und musste zusehen, wie seine Empfindungen zunächst zerbrachen und ihm dann wie feiner Sand aus den Händen rieselten. Die Gefühle sind, wie auch die Menschen, der Zersetzung untertan. Und um nicht den Verfall seiner Liebe betrachten zu müssen, ging er ohne ein weiteres Wort von dannen.

Madhavi blieb wie ein verlorenes Bündel am Strand zurück und sah in die Nacktheit der dunklen Nacht. Trostlos! Alles war leer. Ihre Verlassenheit war lähmend. Niemals wollte sie Kowlam verletzen. Warum nur hatte der Abend so geendet?

Prinz Ilango war untröstlich, nachdem er die sich so einzigartig Liebenden getrennt sah. Er las seine Beschreibung der nächtlichen Meeresuferszene immer wieder und sagte sich dann, nur um dem Unvermeidlichen eine Lösung zu geben:

»Es ist die Schuld der Vina, sie öffnet den Abgrund zwischen den Liebenden! Warum nur mussten die beiden Unzertrennlichen sie an den nächtlichen Strand bringen? Die Laute kam einst mit einem Bann in unsere Welt. Dieses Saiteninstrument wird noch so manche Liebenden unvollkommen und betrübt zurücklassen.«

Leidvoll
saß Madhavi am nächtlichen Meeresufer. Das Tor zum Glück schien sich erbarmungslos zu schließen, je mehr sie sich ihrer Verlassenheit bewusst wurde. Sie liebte bedingungslos und war schon in der geöffneten Pforte gestanden, hatte in die dunkelblaue Reinheit des Paradieses hineingespäht. Nun blieb nichts als die Finsternis der traurigen Nacht mit ihrem dumpfen Schwarz. Vasantamala redete auf Madhavi ein, half ihr aufzustehen und bewegte sie dazu, mit ihrer Gefolgschaft nach Hause zu gehen.

Als sie die folgenden Tage nichts von Kowlam hörte, blieb sie allein in ihren Gemächern. Sie saß morgens zwischen sich öffnenden Blüten in ihrem Garten und spielte mit ihren zarten Händen an den weißen Perlen, die ihren Busen umgaben. Doch war sie wie ein welkes Blatt. Ab und zu griff sie zur Laute und spielte. Sie war wie eine Blütenranke, die, ausgetrocknet und von aller Kraft verlassen, leblos herabhängt. Sie zwang sich aufzustehen, um ihre Schreibpaste aus Agar zu nehmen und mit ihrem Lackstift auf ein getrocknetes Palmblatt zu schreiben:

»Dieser Sommermond tötet die Einsamen mit seinen scharfen Strahlen, während seine Mondschatten nichts als verlassene Wälder auf einer trostlosen Welt sind.«

Sie aß nichts und schickte die besorgte Vasantamala zu Kowlam. Vasantamala huschte durch die Straßen, und am großen Tor vor Kowlams Haus stahl sie sich unbemerkt hinein, um Kowlam den Brief zu geben. Er weigerte sich, ihn anzunehmen.

»Deine Freundin ist so vollendet schön und trägt ihr Tilak auf der Stirn makellos und rot, und ihre Augen können solch liebevolle Blicke werfen. All ihre gefühlvollen Künste hat sie ausgespielt, ihr verzauberndes Lachen hat so oft die weißen Zähnen wie kostbare Perlen hinter den korallenroten Lippen hervorgebracht, als würden kostbarste Schätze dem Schaum des Meeres entsteigen. Ihre Verstellungskünste trafen wie scharfe Pfeile mein Innerstes. Sie stellt sich grausam und kalt, um zu prüfen, ob ich leide, spielt, nimmt verschiedene Rollen an, sogar die ihrer eigenen Botin, um mich über der vorgetäuschten Gefühllosigkeit einer vorgegebenen Herrin, die sie selbst ist, hinwegzutrösten, und immer genießt sie dabei mein Verlangen nach ihr. Sie hat die unzähmbare Grazie von Wildgänsen, die aus den Lüften landen, um plötzlich wieder in die Leichtigkeit des pastellfarbenen Äthers hinein zu verschwinden. Wenn ich nach einer Umarmung verlange, verweigert sie sich mir, wenn ich mich ihr entziehe, verführt sie mich. Sie kann die Kunst der Leidenschaft ausspielen und mir keine Berührung erlauben, in dem Moment, in dem ich sie rasend begehre. Sie kennt unzählige Verwirrungskünste, und all diese Künste sind so natürlich für sie, denn sie ist eine Schauspielerin, deine vollendete Tänzerin.«

Vasantamala war sehr verzweifelt, mit dieser Nachricht zurückgehen zu müssen. Sie sagte zu Madhavi von all dem nichts, nur, dass er heute nicht käme. Madhavi entgegnete darauf unbeirrt:

»Wenn er heute nicht kommt, dann vielleicht morgen.«

Als die Regenzeit kam, blieb sie allein in allen Nächten. Und im Frühling, als die zarten Mangoblätter austrieben und sich wie eine sanfte Krone auf die alten Blätter setzten, erlitt sie die schlimmste Art des Liebeskummers. Sie zitterte von zu wenig Schlaf, fiel in Gleichgültigkeit, und ihre Tränen verliehen ihrem Gesicht Schatten. Hin und wieder spürte sie den verlangenden Blick Kowlams auf sich und schreckte vor diesem Trugbild zusammen. In all den Frühlingsmondnächten war sie einsam geblieben. Der Kuckuck rief und sang, und Vasantamala erinnerte sich an glänzende Zeiten, als Madhavi noch ohne die Last der Liebe gewesen war. Wie eindringlich hatte sie wieder und wieder zu Kowlam gesprochen, ihn angefleht, Madhavis Botschaften zu lesen:

»Du hast ihre liebliche Stimme so lange getrunken und ihren Körper genossen, sei doch ihrer zarten Schrift auf dem Palmenblatt wohlgesonnen. Sei nicht stolz, das wird dich zum Gefangenen deines Karmas machen. Kowlam, sei nicht blind. Sie folgt doch nur dem Karma der Tänzerin, mit dem sie geboren wurde. Sie kennt sich mit dramatischen Szenen aus und muss sich in vielerlei Rollen wiederfinden. Vielseitige Stimmungen des

Gemüts kann sie widerspiegeln und sie ist eine Meisterin der Gefühle. Geh und verneige dich vor ihr.«

Doch weil sie eine Tänzerin war, im Stand der Kurtisanen geboren, hatte Kowlam beschlossen, Madhavi nie mehr wiederzusehen. Er fühlte sich ihrer kunstvollen Art nicht gewachsen und überließ sie ganz ihrem Leid.

Mitleidig

Besorgt
über ein beständiges Wimmern aus dem Schlafgemach unterbrach Tevanti, die junge Schwägerin von Kannegi, ihre Morgenandacht. Die jammernden Töne drangen in die weihevolle Stimmung des frühen Morgens wie der plötzliche Einfall einer grausamen Diebesbande in ein friedliches Bergdorf. Ohne geopfert zu werden, blieben die Blumen und das Räucherwerk in der Bambusschale liegen und die Götterstatuen schienen sich angesichts der Vernachlässigung abzuwenden und wirkten verschlossen. Was nur bedeuteten diese gehemmten Seufzer aus Kannegis Gemächern? »Die Untreu ihres Gemahls hat sie mit so viel Fassung ertragen, warum nur ist sie jetzt völlig außer sich?«, fragte sich die hinter Kannegis Tür kauernde Tevanti mit nagender Ungewissheit. »Muruga, Muruga«, den Namen des Zigeunergottes hörte sie

Kannegi stammeln. »Was für ein ergreifendes Zittern ist in ihrer Stimme!« Aber kein herzzerreißendes Schluchzen, kein befreiender Aufschrei erfolgte. Kannegi erstickte das Leid in sich. Traurig schrieb Ilango:

»Sie erhebt sich kraftlos von ihrem Lager, knickt ein und sinkt sofort wieder hin, den Kopf nach unten gebeugt, hockt sie mit angezogenen Beinen an der Wand. Der Morgen scheint ihr düster, Bastmatten in den Fenstern verwehren der Helligkeit ihren Einzug. Schwermut kriecht aus den Winkeln des Zimmers wie fortwährend sich vergrößerndes Getier, das Kannegi bedroht. Draußen dringen die Nebel der Monsunzeit wie Wesen herbei, die schwere Lasten aus Kummer heranschleppen wollen. Sie bringen ein unheimliches Grau in diese Morgenzeit. Hilflos wie Kannegi wirkt auch die Erde, denn auch diese musste die Verschleierungen des Lichts ertragen. Hört denn das Herz der Kannegi vor lauter Betrübnis auf zu schlagen? Verweigert sich ihr ganzes Wesen dem rettenden Weiß des Tages? Ach, die liebliche Kannegi, einem zertretenen Grashalm gleich, wird von der Leichtigkeit eines neuen Tages nicht aufgerichtet werden! Wie unsere starke Erde die Nebel langsam frisst, sich von zwanghafter Verhüllung befreit, so möge Kannegi sich der Alpträume entledigen! Die Strähnen ihres Haares kleben wie lose schwarze Bänder an ihrer feuchten Schläfe. Keine Tränen fließen mehr. Ein ausgetrockneter See ist in ihr, nichts als bitterer Schmerz hinter ihrer dunklen, weichen Brust. Sie atmet schwer, wenn sie so lautlos stöhnt!«

Damals, als Tevanti die Tür aufstieß und sich über Kannegi beugte und flüsterte: »Kannegi, du wirst deinen Mann zurückbekommen«, wusste sie nicht, dass Kowlam schon unten in der Eingangstür stand. Kannegi setzte sich auf, schlafwandlerisch, blickte mit ihren eingesunkenen Augen verloren in die Weite und fasste die Hand der Schwägerin:

»Tevanti, es kann sein, dass er zurückkommt, aber ich werde weiterleiden. Denn ich habe Schreckliches im Traum gesehen! Ich ging Hand in Hand mit Kowlam in eine fremde Stadt, bis Kowlam völlig unrechtmäßig einer betrügerischen Tat beschuldigt wurde. Alles, was danach geschah, das Entsetzliche, das ich tat ...!«

Nach einigem Schweigen fuhr sie langsam fort:

»Ich will es gar nicht sagen, denn es ist nur eine böse Vision, und doch vergiftet sie mich, wie der Biss des Skorpions.«

»Kannegi, es ist ein uneingelöster Schwur aus deinem letzten Leben, der dich hier bedrängt. Lass uns zusammen zu jenem Teich gehen, wo die Kräfte von Sonne und Mond gleichsam wirken, dort wirst du Erlösung finden von allem alten Karma, von all der Vergangenheit, die dich nun plagt«, sprach nachdenklich Tevanti.

»Ach, nein, ich will zu keinem See gehen, Kowlam ist mein See, er ist ein Meer, das mich umgibt, und ich ertrinke in seinen Fluten. Würden sich seine Wogen nur glätten, könnte ich doch nur in seine Augen tauchen, dort Halt finden, all das Vergangene wäre vergessen!«

Als sie dies sagte, brach ein magischer Schein aus ihren Augen. Tevanti umschlang Kannegi, ihr reizender Körper war vom Mitleid gebogen. Sie nahm Kannegis Schmerz wie ihren eigenen hin. Doch als sie diesen ungewöhnlichen Glanz in Kannegis Augen erschaute, schöpfte sie Hoffnung. Sie ahnte, dass eine Umkehr sich anbahnte. Schwermut wurde wie von magischer Hand ins Nichts gezogen, als ein Klopfen an der Tür hörbar wurde und eine Dienerin meldete:

»Kowlam ist zurückgekommen. Es sieht so aus, als würde er bleiben und uns fortan beschützen können.«

Wie eine Erscheinung aus anderen Welten betrat Kowlam Kannegis dunklen Raum. Erschreckt, seine Frau so bleich und abgemagert vor sich zu sehen, kniete er vor ihr nieder. Auch er war matt geworden. Grau umflort war der einst wache Vogelblick, die Adleraugen Kowlams waren verschleiert.

»Kannegi«, sprach er mit ausdrucksloser Stimme, tief gedrückt von Schuld: »Durch Liebeständelei mit einer betrügerischen Kurtisane habe ich den gesamten Reichtum meines Familienbesitzes verloren und Armut über dich gebracht. Wie ein Bettler stehe ich vor deiner Tür.«

Licht kann sich schnell vermehren und Dunkles überwinden. Es waren Kannegis empfindsamer Blick, ihre mitfühlend auf ihn gerichteten Augen, ihr Lächeln, das von weit her zu kommen schien und ihn umschlang, die Helligkeit in jenen Morgen brachten. Kannegi verzagte nicht mehr, und, als hätten die langen Monate der Trennung sie stark gemacht, stand sie wie eine Königin vor Kowlam und befahl: »Ich habe noch meine Fußamulette, mit ihnen werden wir alles zurückgewinnen, was wir verloren haben.«

Und wie die Sonne sich mit majestätischem Gebaren in den Vormittag drängt und alles neu erscheinen lässt, so frisch und zuversichtlich wirkte Kannegi. Als wäre er ein altes Gewand, so warf sie den Schmerz ab.

Kowlam zögerte zunächst. Kannegi hatte schon vom Erbe ihrer Mütter einen diamantenbesetzten Armreif, einen großen Saphirring und einen Perlengürtel für den Haushalt der Kurtisanen gestiftet.

Er wollte ihr nicht noch die Amulette mit den kostbarsten Edelsteinen nehmen und verkaufen. Doch konnte er ihrem erstarkten Willen nichts mehr entgegensetzen.

»Gut, ich will mich meinem Schicksal stellen und handeln, um mein Karma zu besänftigen. Ich werde nach Madurai gehen und meinen Reichtum zurückgewinnen«, sagte ein tief nachdenklicher Kowlam.

»Deshalb sind sie damals fortgegangen«, erklärte Tevanti traurig dem Dichter, der mit Madhavi viele Jahre später nach Pukar kam. Er wollte von Tevanti hören, wie die Pilgerreise von Kannegi und Kowlam ihren Anfang genommen hatte. Tevanti, mit dem erstarrten Ausdruck eines nie wiedergutzumachenden Verlusts in den Augen, erzählte Ilango von Kowlams und Kannegis Aufbruch:

Weinend hätte sie ihnen nachgesehen, als Kowlam und Kannegi zur nächtlichen Zeit aus dem großen Tor hinausgingen. Der dunkle Schatten des Schicksals, der schon längst auf sie gefallen war, hatte Madhavis Briefe an Kowlam wirkungslos gemacht. Der Mond war schon verschwunden, noch schlief der Himmel mit ungeöffneten Augen. Zu dieser frühen Morgenstunde, als die Farben noch nicht erwacht waren, alles noch vom grauen Schlummer ummantelt war, waren Kannegi und Kowlam von ihrer Bestimmung fortgetrieben worden.

Am Ende der Straße umrundeten sie damals zuerst bedächtig den Schrein, opferten Reis für die acht Himmelsrichtungen und huschten wie Schattengestalten außer Sicht. Schnell und unerkannt wollten sie den Ziegenhain durchqueren, denn sie waren heimlich fortgegangen, ohne von den Eltern oder den Freunden Abschied zu nehmen. Sie stahlen sich mit leisen Schritten durch den langsam erwachenden Morgen. Der Ziegenhirte sagte sich, als er durch die Unruhe der Herde geweckt wurde und das junge Paar sah, das im einfachen Gewand der Pilger fortging: »Wenn solch edel Geborene wie Bettler fliehen, was bedeutet dann Reichtum in dieser Welt?« Bedrückt berichtete er den Eltern von Kannegi und Kowlam, was er im Morgengrauen gesehen hatte. Tevanti, die weder ein noch aus wusste, es nicht fertig brachte, den Eltern der beiden Fliehenden die Briefe, die sie hinterlassen hatten, zu überbringen, stand verzweifelt in der Nähe und wurde Zeugin, wie all die Träume und Hoffnungen, die diese Eltern in ihre Kinder gesetzt hatten, ihnen durch diese Botschaft genommen wurden. Hier halfen nur Gebete. Kannegis Mutter, hingekauert unter den Bäumen im Garten hinter ihrem Haus, schrieb in den Sand:

Sonne, verbrenne sie nicht,
Bäume, spendet Kühle,
meine Kleine geht fort so schlicht,
ist's ihr Karma, das ich fühle?

Kannegis Vater saß allein im Haus, er zeigte seinen Schmerz nicht, denn er wollte seine Frau nicht noch bekümmerter sehen. Auch Kowlams Eltern grübelten vergeblich und suchten die Fehler immer wieder bei sich, obwohl sie doch wussten, dass das Schicksal ihres Sohnes nicht in ihren Händen lag. Karma kann nicht vererbt werden, ein jeder Einzelne bekommt es mit seiner Geburt auferlegt. Trotzdem erlitten sie das Schicksal ihres einzigen Sohnes als wäre es das ihre!

Und da war noch der Palast in der Stadt, in dem eine Tänzerin Mutter werden würde, und der ahnungslose Vater war der, der mit Kannegi fortgegangen war. Madhavi konnte nicht aufhören, ihr Karma anzuklagen. Was nur habe ich falsch gemacht? Sie schrieb:

Eine Kurtisane darf nicht verzagen,
wenn unsere Mütter sagen, du musst es ertragen,
lasst mich fragen, seid ihr so stark in diesen Tagen
und wollt keinen Schmerz, keine Leidenschaft wagen?
Wenn ich ihn nicht sehe bald,
werde ich wie die Welle im Meer der Urgewalt
mich aufbäumen, schäumen, hoch aufragen,
um mich ganz aufzulösen ohne zu klagen.

Aber all ihre Gedichte waren unbedeutend in Anbetracht des mächtigen Karmas von Kowlam und Kannegi, das begonnen hatte, seinen Lauf zu nehmen und sich in Madurai erfüllen würde.

Erbarmungslos

brannte die Sonne zur Mittagszeit. Die lehmige Erde war Glut unter den nackten Füßen der beiden einsamen

Pilger. Die kargen Büsche am Wegesrand standen ausgedörrt und leblos da. Kannegi lief ermattet hinter Kowlam her. Sie waren seit drei Tagen unterwegs. Wie verängstigt Kannegi in der leeren Landschaft dahinging. Und wie sehr es Kowlam dürstete. Nirgends war Schatten. Endlich erblickte das Paar einen weitausladenden Baum, unter dem ein junger Wandermönch frisch und fröhlich saß. Er war fast noch ein Kind, trug ein orangenfarbenes Lendentuch und Halsketten aus Lotossamen. Aufmerksam sahen seine Augen auf die Ankömmlinge. Vor ihm stand ein Gefäß mit einem Henkel, wie es alle Wandermönche tragen. Es war mit Wasser gefüllt. Er schüttete den Erschöpften vom Labsal in die hohlen Hände. Sie tranken begierig und dankten ihm. Ein einfacher Trunk machte die Einöde zur segensspendenden Oase.

»Wo wollt ihr hin?«, fragte der junge Mönch mit knabenhafter Stimme. Er dachte sich: Was wollen diese beiden hier draußen? Sicher sind sie gebildete Leute und kommen aus der Hauptstadt. Er blickte auf den goldenen Fußreif an Kannegis zartem Fußgelenk und fragte sich: Warum läuft sie mit diesem edlen Mann auf die unwegsamen Bambuswälder zu?

»Nach Madurai. Aber heute wollen wir zuerst den heiligen Hügel der Weisen erreichen«, antwortete Kowlam und blickte sorgenvoll auf seine Frau. Sie war ihm den ganzen Tag in seinen Fußstapfen gefolgt. Ihre Füße hatten Blasen und waren blutig. Kannegi fragte zaghaft: »Wie weit ist es noch bis Madurai?«

Sie weiß nicht, wie schwer unsere Reise wird, es sind nicht einmal vier Tage vergangen, es werden weitere siebenundzwanzig Tage sein, die wir gehen müssen, bevor wir Madurai erreichen, dachte Kowlam tief bedrückt.

»Hört!«, sprach der junge Heilige: »Das Dharma hat kein Haus. Es findet seine Wohnung in den Lebewesen dieser Welt. Es flüstert leise und zeigt die Richtung. Folgen wir ihr oder folgen wir ihr nicht, unser Karma entsteht. Es meißelt Spuren in den felsigen Weg. Lasst uns nun mutig durch das Bambusdickicht gehen und unserer Bestimmung entgegensehen. Sind wir furchtlos und gehen lautlos, fürchten uns die Schlangen nicht und bleiben tief im Schlaf. Ich gehe euch voraus und sehe mich um.« Zu Kannegi gewandt sprach er: »In wenigen Stunden werden wir den Hügel der Weisen erreichen.«

Kowlam wandte seinen Blick hinauf zum Himmel und dankte ihm für die Begegnung mit diesem engelhaften Wesen, welches seine Schale und seinen Stab nahm. Die beiden Pilger folgten ihm gehorsam. Im dichten Bambuswald waren sie geschützt vor der allmächtigen Sonne. Welch Anblick aber bot sich am Spätnachmittag: Im taubenblauen Dunst lag vor ihnen die Hügelkette der Cardamonberge, bis zu deren Fuß es nicht mehr weit war. Sie liefen schnell und wurden beim Anstieg von einem Duft seltener Heilkräuter umfangen, der sie erfrischte und beschwingt werden ließ. Der Pfad war eng, dornige Büsche zu beiden Seiten. Aus winzigen blauen Blüten schienen tausend übersinnliche Wesen zu blicken. Immer steiniger wurde der Weg, und bald kletterten sie Felsen hinauf. Es tat sich eine Spalte in der Felswand auf und vor ihnen lag ein Hochplateau. Es war mit vielen Menschen bevölkert. Nie zuvor hatte Kannegi so viele Männer mit dem in sich gekehrten Blick gesehen. Es rührte sie an. Unter zwei großen Bobäumen saßen Asketen in verschiedenen Gruppen. Der junge Wandermönch verbeugte sich freudig vor den Wahrheitsfindern. Kannegi und Kowlam empfanden Ehrfurcht vor deren Ernsthaftigkeit. Ihr jugendlicher Begleiter sprach wie ein Gelehrter: »Seht dort die fünf unterschiedlichen Arten der Yogis, gemeinsam ist ihnen die Suche nach Erkenntnis in dieser grau verschleierten Welt. Erstens gibt es die Arhat-Yogis. Sie schließen sich niemandem an und verwirklichen sich durch das Verschließen ihrer Sinne. Sie verbinden sich einzig mit der Ewigkeit. Es sind die nackten Yogis mit den langen verfilzten Haaren, die schweigend und in sich gekehrt überall unter den anderen verteilt herumsitzen.

Seht wiederum dort die wild aussehenden Männer mit von scharfen Pfeilen durchstochenen Zungen. Einige stehen fortwährend auf einem Bein, während ihr anderes Bein um die Hüfte verknotet ist. Sie wissen um das Übernatürliche, können fliegen und übers Wasser gehen. Sie heilen Kranke und Beladene, die sich in ihren Bannkreis begeben, mit ihren magischen Kräften. Es sind die Siddha-Yogis.

Seht den Kreis aus hockenden Männern. Es sind Seher und Vorausschauer, die unsere Zukunft deuten und die Sternbilder lesen können. Diese Hellsichtigen sind mit safrangefärbtem Tuch bekleidet. Ihr Anliegen ist es, uns Menschen zu inspirieren, so dass wir Visionen entfalten. Würdevoll dürfen wir Unwissende uns ihnen nähern, um eine Auskunft zu erhalten. Sie werden Acarya-Yogis genannt.

Und blickt auf die aufrecht sitzenden Schriftgelehrten, die fleißig diskutieren und sich im Rezitieren üben! Sie tragen fein gewobene helle Stoffe und kennen die vedischen Mantren. Die Upadhyaya-Yogis wissen um die Macht der Rituale und üben zur gegebenen Zeit das Feueropfer aus. Ihr Dharma ist es, uns ignorante Wesen zu belehren.

Die fünfte Gruppe der Yogis sitzen dort um das Feuer herum. Seht doch, wie erleuchtet sie ins Weite schauen. Sie sind schon als Heilige geboren und in ständiger Verbindung mit dem Göttlichen in allen Dingen. Ein Leuchten strahlt aus ihnen und umgibt sie. Sie haben die höchsten Tugenden in sich verwirklicht und ein einziger Blick in ihre Augen bringt uns Trost. Sie spenden Mitleid für alle, die in ihre Augen schauen. Es sind die Sadhu-Yogis.«

Der junge Wandermönch schwieg und lief, ohne sich von dem Pilgerpaar zu verabschieden, seiner Bestimmung entgegen. Er warf sich vor den Acarya-Yogis nieder und bat sie, ihn als Schüler anzunehmen, damit sich sein Karma erfülle.

Kannegi und Kowlam blieben eine Weile in den Anblick der Yogis versunken. Dann erinnerten sie sich, dass sie eine besondere Frau suchten, denn sie hatten von einer Yogini gehört, die von allen der fünf Arten des Yoga etwas in sich trug. Ihr Ruhm war bis nach Pukar gedrungen. Sie wurde die heilige Kavunti genannt. Überall war gemunkelt worden, dass sie verborgen auf diesem Berg leben würde. Kowlam war unsicher. Wie sollte er sie finden? Die Yogis waren unansprechbar, und er konnte sie nicht nach Auskunft oder dem Weg fragen. Sie hätten sicher zu ihm gesagt: »Jeder muss für sich suchen.«

In diesem Augenblick tauchte ein kleines Eichhörnchen auf. Als würde es sie locken, so putzig sah es sich nach ihnen um, als würde es sich fragen: »Folgen sie mir?« Kannegi folgte dem kleinen Tier, das in einer Versenkung bei einem Luftwurzelbaum, der hinter einem mächtigen Felsbrocken verborgen lag, verschwand. Was für ein Anblick lag dahinter: eine Landschaft unberührt von der Schwere menschlicher Fußtritte. Vor einem Steinhügel aus übereinanderliegenden Felsenbrocken lag ein Lotosteich. Die Abendsonne spiegelte sich darin.

Rot und sandig glitzerte die Erde, so frisch und rein, als hätte kein Hauch menschlicher Sorge sie je getroffen. Die großen, blaugrünen Lotosblätter im Teich standen da wie magische Himmelsstühle. Kannegi sah sie als Schaukeln, die in der Luft zu hängen schienen und die doch fest im Wasser verankert waren. Sie begann beim Anblick der längst geschlossenen Blütenkelche zu träumen: Hielten die Blumenblätter schlafende Nymphen eingeschlossen, solche, die sich von ausgelassenen Sonnentänzen erholten und jetzt verschämt verborgen bleiben wollten? Würden diese Schönen morgens, mit dem Erscheinen der Sonne, aus den sich wieder öffnenden Lotosblüten, natürlich unsichtbar für Menschenaugen, herausschweben und erneut mit den ernsthaften Yogis auf dem Plateau ihren Schabernack treiben?

Kowlam betrachtete seine über die Blütengeister sinnende Frau.

Was geschah mit Kannegi? Fiel sie in einen Wahn? Doch Kannegi ging festen Schrittes auf die Steinanhäufung zu, bückte sich und verschwand. Dort war nämlich eine niedere Tür, die sie in eine Höhle geführt hatte. Welch Wunder – in dem niederen Raum war ein Fenster, das den Blick auf den Teich offenlegte. Licht schien herein, bildete einen Kegel, in dessen Mitte eine Gestalt, von safranfarbenen und grauen Tüchern umhüllt, aufrecht und still saß. Kannegi erschauerte. Vor ihr saß, wie eine Königin, Kavunti, die Herrscherin über unbewusste Seelenkräfte. Kannegi betrachtete die von einem kleinen Feuer beleuchteten ruhigen Gesichtszüge und kniete nieder, um sich vor der Gestalt zu verneigen. Als sie aufblickte, waren es Kavuntis Hände, die mit vollendeter Grazie vom Schoß heraus sich zur Gebärde der Begrüßung hoben. Es waren Bewegungen, die Kannegis Augen gefangen nahmen. Diese Hände riefen sie in eine andere Welt, ja, sie war sich sicher, vor ihr saß eine weise Zauberin. In der dunklen Höhle schien sie eine helfende und heilende Kraft, die ein Licht in Kannegi entzündete. Ihre zeitlose Schönheit strahlte im schummrigen Raum.

»Sie hat Hände, die schon einen Gott berührt haben müssen. Wenn sie mich segnet, werde ich in Anmut aufgehen.«

Als aber ihr Blick auf Kannegi fiel, war ihr, als würde sie mit einem Mal verstehen, warum sie hierhergekommen war. Kavunti aber erhob sich mit der Leichtigkeit eines Kindes und trat hinaus ins Abendlicht. Kannegi folgte ihr und sah in der rot sinkenden Sonne ein silbriges, nein, goldenes Leuchten aus dem weißgrauen langen Haar der Weisen sich entflammen.

Auch Kowlam war sofort ergriffen von ihrer Erscheinung.

»Ich will in diese Augen sinken.« Wie auf einmal alles andere ihm so nichtig wurde! Kavunti blickte auf Kowlam wie ein verliebtes Mädchen. Sie führte ihn zu einem Vorsprung im Felsen rechts oberhalb ihrer Behausung, und setzte sich ihm zu Füßen, um aufmerksam zuzuhören. Verkehrt erschien Kowlam die Welt.

»Die große Kavunti sitzt mir, einem Taugenichts von einem Kaufmann, zu Füßen. Wie sie mich anschaut!«

Mit einem Mal war sein Selbstmitleid dahin und Zuversicht geboren, denn Kavunti war ihm eine Mutter, wirkte dabei wie ein junges Mädchen, dazu engelsgleich. Hier draußen in der Wildnis war seine Verlorenheit verflogen. Die Seherin jenseits von Vernunft und voller Ahnung schien sein Schicksal zu kennen. Sie wusste, was der nächste Schritt für ihn zu sein hatte. Ihre Gewissheit übertrug sich auf ihn. Wie eine Hohepriesterin sprach sie mit großer Nachsicht:

»Euer edles Antlitz ist fein,
ihr besitzt ein nobles Wesen, seid rein,
müsst von guten Eltern geboren sein.
Dem Dharma der Jains ihr folgt, doch nein!
Heimatlos kamt ihr zu mir in den Hain!«

»Ach«, entgegnete Kowlam. »Es gibt nicht viel zu sagen! Heilige Frau, wir wollen nach Madurai gehen und ein neues Leben beginnen.«

Schon las die weitsichtige Kavunti aus Kowlams Zügen den Verlust über etwas Bedeutendes und sah in Kannegis Augen die Verzweiflung über die selbst auferlegte Verbannung. Ihre Augen flackerten auf, waren brennend, als würden sie das Karma der beiden auslöschen wollen. Sie schauten lange und schweigend geradewegs beiden ins Gesicht und sahen doch weit darüber hinaus. Ihre hervortretenden Wangenknochen offenbarten ihr entbehrungsreiches Leben und waren doch Ausdruck von unendlicher Geduld und Würde. Während sie auf Kannegis Gestalt schaute, fühlte sie Mitleid und sie begann wieder in Reimen zu sprechen:

»Können so zarte Füße Beschwernisse ertragen?
Kann dies Reh sich in den Dschungel wagen?«

Dann sagte sie leise, wie zu sich selbst:

»Ich sehe wohl, dass ihr nicht zagt,
ein ungewöhnlicher Wille euch plagt,
nach Madurai wollt ihr, ich bin gefragt,
mit euch zu gehen,
den heiligen Arivan zu sehen!
Ar si ac up sa.«

Sie segnete mit dem Mantra die beiden und sprach: »Morgen früh brechen wir gemeinsam auf gen Madurai.«

Kavunti hatte nämlich nicht nur die Gegenwart im Auge, hatte nicht nur die Vergangenheit der beiden erkannt, war nicht nur von ihrem Einfühlungsvermögen bewegt, sie - das war das Wesentliche - sah in die Zukunft. Sie sah das Karma und erkannte mit einem Mal, dass in Kannegi die Göttin der Gerechtigkeit sich bald schon inkarnieren wollte. Kavunti wusste, sie würde ihr eigenes Dharma erfüllen, wenn sie der auserwählten Kannegi auf der Reise nach Madurai mit ihrer weisen Voraussicht dienen würde. Denn das Dharma einer Weisen war es, die richtigen Entscheidungen für die noch verwirrten Seelen zu treffen und sie zu ihrer Göttlichkeit zu führen.

Dankbar

warf Kowlam sich mit dem Gesicht flach auf die staubige Erde vor Kavunti. Sie würde ihm Kraft schenken. Funken ihrer Erkenntnis würden in ihn eindringen. Da war ihm, als würde seine Zerrissenheit dahinscheiden. Ängstlich hatte er auf sein Karma geschaut. Es war durch die Verwirrungen seiner Liebschaften belastend. Er glaubte auf einmal an eine Lösung. Wie gütig die Welt sein konnte! Im Staub vor Kavunti umfing ihn ihre grenzenlose Anteilnahme. In die Arme seiner Mutter hatte er sich hineinstürzen können, als er noch Kind war, in die Arme der Weisen konnte sein Geist fließen, wie ein Fluss sich ins Meer ergießt. Kowlam empfand sich als ein Staubkorn, geborgen und angeschwemmt am Ufer der wärmenden Güte Kavuntis.

»Mit dir als Begleitung sind auch meine Sorgen um Kannegi genommen und alles wird gut werden.« Ilango lächelte in sich hinein, als er Kavunti beschrieb:

»Nur Göttinnen können so beseelt wie Kavunti schauen. Ihre blaugrauen Augen spiegeln tausende Diamanten wider. Ihre Stimme ist angenehm wie ein leichter Windhauch an einem heißen Nachmittag, und alles, was sie sagt, ist Poesie«:

»Reuevoller, es gibt fünf unterschiedliche Wege, die zum Ort deiner Wünsche führen. Bist du zaghaft, wirst du nicht entscheiden können, welchen der Wege du einschlagen sollst. Wer sich selbst nicht kennt, weiß auch nicht, wohin er gehen soll.« Kowlam nickte zustimmend und hörte der Weisen zu. Sie beschrieb, wie er nach Madurai durch die Selbsterkenntnis gelangen würde:

»Bist du behäbig, wirst du den gemütlichen Weg einschlagen, aber viel zu langsam kommst du dort voran. Bist du ein Bewunderer des Schönen, wirst du den aussichtsreichen Weg wählen, aber im Betrachten versunken die Zeit vergessen. Bist du ängstlich, wählst du den bekannten Weg, auf dem die unbekannten Gefahren sich dir unerwartet in den Weg stellen werden. Wenn du waghalsig bist, wirst du den gefährlichen Weg wählen, dabei werden die Abenteuer dich aufhalten. Wähnst du dich klug, wählst du den kürzesten Weg, auf den jedoch die Sonne niederbrennt und du erschöpft den Schatten suchst und dort liegen bleiben wirst.

Es gibt noch einen Weg, den wir nicht kennen, deshalb kann ich ihn nicht benennen. Wie, mein Leidgeprüfter, willst du nun den richtigen Weg im Voraus erkennen?«

»Kavunti, du hast klug gesprochen, denn ich weiß nicht, wie ich gehen soll und welches der richtige Weg für mich ist«, antwortete Kowlam.

Kavunti lächelte Kannegi an. An das Paar gewandt fuhr sie verschmitzt mit ihren Ausführungen fort:

»Wo immer ihr geht, seid auf der Hut,
vom Tier im Dschungel lernt, was ihr tut.
Geschmeidigkeit ohne Einseitigkeit –
wechselt beständig die Wege.
Handlung ist besser als gar nichts tun,
niemand kann sich im Dasein ausruh'n.«

Und als würde sie über ihre sämtliche Sinne wachen, sagte sie ruhig und gelassen:

»Geht! Seid sorgfältig und bleibt freudig. Wandelt vertrauensvoll, habt Mut und seid willensstark!«

Die Weise hatte tiefe Einsicht gewonnen, wie Menschen durchs Leben gehen. Was sie auch tun, immer werden sie sich selbst oder andere beschädigen. Wenn sie vertrauensselig entlang des lieblichen Heimatflusses laufen, werden sie tausend kleine Lebewesen mit festen Tritten töten. Wenn sie begeistert die Augen in blau gefärbte Kelche senken, weil diese Poesie verschenken, werden sie selbstvergessen und merken nicht, wie sie die Äste und Wurzeln mit Füßen und Händen verletzen. Wenn sie aber beständig ängstlich nach unten schauen, werden sie ihre eigenen Köpfe an herunterhängenden Zweigen stoßen. Jedoch wenn sie an bekannten Gefilden die Aufmerksamkeit verlieren, können unbekannte Gefahren wie giftige Schlangen und Skorpione sie beißen und stechen. Wenn an abgelegenen Pfaden tiefe Abgründe zum Klettern verführen, kann es sein, dass sie ihren Weg verlieren und letztlich, wenn sie weise und bedächtig gehen, mal nach oben, mal nach unten sehen, sogar zu allen Seiten blicken, kann es sein, dass Durst, Hunger, Hitze oder Kälte sie plagen. Doch selbst im Wasser, in Speisen, sogar in den kühlenden Fächern oder den warmen Decken gibt es entsetzliche Gefahren: trunkene Bienen, die sich verstecken, können ihnen in die Schlünde stechen.

In allem, was gut ist, liegt das Schlechte, und in allem was beschützt, liegt schon die Gefahr. Mit Kavuntis Mutterwitz wiederholte Ilango mit einem Reim die Lehre der Jains:

»Ohne Schuld und ohne dass Reue sich rege,
niemand durchs Leben sich je bewege.«

Kavunti war vom vielen Wechseln der Wege ihres Lebens weitsichtig und hellsichtig geworden. Als sie dem jungen Pilgerpaar nachsah, wie es langsam hinunterging zum klaren Teich und sich in dessen vom Mondlicht beschienenen Wässern badete, flüsterte sie in den heißen Wind hinein:

»Ob gutes End', ob schlechtes Ende,
das Karma sich niemals von euch wende.«

Kannegi schüttete aus den hohlen Händen das fließende Nass auf Kowlam und munkelte leise in die Dunkelheit hinein: »Kowlam, niemand kann durchs Leben gehen, ohne anderen Leid zuzufügen und ohne dass ihm Leid zugefügt wird.« Kowlam nahm zärtlich ihren Arm und zog sie zum Ufer. Noch an diesem Abend war es Kowlam und Kannegi vergönnt, innigst einander zugetan zu sein. Sie legten sich auf ihr Lager aus trockenem Gras. Wie viel sie doch füreinander empfanden. Ein überstehendes Dach aus Bambus bildete den Schirm, der sie im Mondschatten dieser unberührten Landschaft für kurze Zeit die Schwere ihrer Pilgerreise vergessen ließ. Vor dem Einschlafen betrachtete Kannegi eine Weile den schönen runden Mond. Er lächelte ihr so freundlich zu, dasselbe Lächeln, das er ihr auch zu Hause geschenkt hatte. Kowlams Gesicht lag still neben ihr, wirkte heute sanftmütig, war kein Raubvogelgesicht, war behutsam und entlockte ihr einen kleinen traurigen Seufzer über die Veränderungen alles Irdischen: »Oh Mond, nimm diese Ungewissheit von mir!«

Die Mondjungfrau antwortete in Kannegis Traum:

»Ohne zu teilen und sich zu verringern,
ohne Askese wird kein Segen dich finden.
Denn nur wer anderen Trost kann spenden,
dem werden sich selbst die Fremden zuwenden.«

Aus wundersamen Träumen erwachte Kannegi am frühen Morgen. Mausgraue Nebelschwaden bildeten ein Kleid für die nackte Natur. Kannegi fühlte eine unermessliche Kraft, als wäre auch sie in einen edlen Mantel gehüllt worden, der mit der Rüstung eines Kriegers zu vergleichen war und sie beschützen würde.

Ihre Befürchtungen waren verschwunden, und sie freute sich darauf, mit Kavunti an ihrer Seite nach Madurai zu laufen. Alle Beschwernisse wollte sie, ohne zu klagen, mit Geduld ertragen. Hatte sie ihr Dharma erkannt? War es dessen Macht, die sie aufforderte, die Pilgerreise ins Königreich der Pandias zu machen? Die fahlen Schleier der Unsicherheit und Zweifel waren aufgelöst und mit weit geöffneten Augen blickte sie, so wie jeder junge Morgen dem Tag entgegensieht, freudig auf Kowlam.

»Alle Wesen, selbst die kleinen, entzückend bunten Würmer will ich nicht mehr vergessen und vorsichtig gehen. Den kleinsten und den größten Wesen den Kummer lindern, kein Schatten kann mich mehr am Lieben hindern. Wie die Sonne ihre Strahlen ohne Bedenken allen Geschöpfen kann senden, so will ich mit mitfühlender Tat das Leid beenden und die Kriege wenden!«

Als Kowlam diese Worte seiner Frau vernommen hatte, fragte er sich, ob die Gerechtigkeitsgöttin sich in ihr inkarnieren wollte. Er fühlte eine nie zuvor gespürte Scheu und Andacht vor Kannegi.

Ilango wusste sofort, das nun das Karma seinen Tanz eröffnen würde. Kannegi sprach auf einmal wie Kavunti und erwies sich als fruchtbare Schülerin ihrer Meisterin. Kowlam schöpfte Zuversicht aus beiden Frauen, als sie in Richtung Süden aufbrachen. Mit den Schritten einer Gazelle ging Kavunti leise ihre weisen Strophen singend voran und wählte die Pfade. Sie war erfüllt und in liebender Einheit mit allem um sich. Wie ein junger Hirsch schloss sich Kowlam ihr an. Er versuchte, aufkommende Gefahren zu wittern. Kannegi, lieblich wie ein Reh, ging zwischen den beiden. Sie war voller Vertrauen. Kavunti hatte längst über all die Gefahren, die vor ihnen lagen, nachgesonnen, und über die Möglichkeit, ihnen auszuweichen, einen genauen Plan gemacht.

Heiter

Torkelte
an jenem Tag, an dem es der Göttin bald schon gefallen wollte, aus der entzückenden Kannegi zu sprechen, ein Baum ohne Wurzeln herum, oder war es ein tanzender Mensch? Hatte sich nur ein Wölkchen am Abendhimmel gebildet oder war es ein langsam immer näher kommendes, saugendes Maul, das auf alles irdische Leben lauerte? Warum summten trotz der Einkehr des Abends die Bienen immer noch mit beflissener Eifrigkeit?

»Heute muss der Shakti ein Opfer gebracht werden, sie fordert Gaben«, flüsterte Kavunti ihren Schützlingen zu, nachdem sie auf eine Anhöhe gelangt waren, auf der sie zwischen den weit gespreizten Fingern der Cannabissträucher, deren Pflanzenhände nach Ekstase riefen, einen merkwürdigen Gesang vernahmen. In kleinen Hügeln schienen die Kobras zu ruhen. Zwischen ihnen wurde langes Haar durch die Lüfte geschleudert. Das wirbelnde Wesen war ein Mensch, der hier in der Wildnis umherschwankte. Nackte Krieger tauchten plötzlich auf. Mit krächzenden Kehllauten trieben sie die verrückt taumelnde Gestalt immer weiter an. Und schon erschienen die schönen Frauen mit karamellbraunen Brüsten, auf denen die schwarzbraunen Brustwarzen auf und nieder wippten. Aus ihren vollen Lippen klang ein Lied wie das Zischen des Windes in den Bäumen. An den roten Schnüren, die sie um die Taillen gewickelt hatten, baumelten ihre Talismane mit den langen Zähnen der Keiler. Sie schienen zur Leidenschaft bereit und wiegten sich mit den Rundungen ihrer Leiber wie biegsame Gräser im Wind. Sie waren in der Stimmung für die Feier.

Kavunti, die Yogini, schmunzelte. Sie sah entzückt auf die Wilden, als würde sie auf die selten zu sehenden weißen Tiger blicken. Und als würde er die Sonne in ihrem Gesicht sehen, so bewundernd begrüßte der Stammeshäuptling der Marvarisippe die weise Kavunti.

»Sie kennen sich aus anderen Zeiten«, dachte Kowlam, dem keine Beachtung geschenkt wurde. Die unbekleideten Männer des berühmten Räuberstammes, die fremde Reisende überfielen und Beute machten, verstummten ehrfürchtig vor Kavunti. Wie stolz sie ihre Bögen im linken Arm hielten, als würden sie mit ihnen verwachsen sein und sie nicht einmal im Schlaf ablegen. Ihre stolzen, schimmernden Leiber standen still und aufrecht. Die Penisse der großen Männer waren mit Bast und Haaren umwickelt, so dass sie weit hervorstanden, sich geradewegs in die Luft zu recken schienen.

Kaum war das Begrüßungsritual zu Ende, als die Marvaris einen großen Kreis um die Tanzende bildeten, und, so als wären sie zum Beischlaf bereit, ihre Hüften hin und her zucken ließen. Ihre Gesichter waren mit roter und gelber Paste bemalt, die Haare waren vorne am Schädel geschoren und flossen hinten als ein verfilztes Gemisch über ihre breiten Rücken. Das immer wilder wirbelnde Wesen entpuppte sich als eine steinalte Frau. Die Brüste hingen lang herunter, der Körper war faltig. Sie war hundert oder zweihundert Jahre alt, niemand konnte sich erinnern. Sie war das Medium der Sippe. Ihre Augen schienen nicht zu sehen. Es waren nur Höhlen, jenseits von Verlangen. Weiße lange Haarzotteln hingen von ihrem Haupt herab. Ungestüm und heftig tobten sogleich auch die jungen Frauen über den Tanzplatz. Hoben die Kobras jetzt ihre Köpfe und erwachten? Die uralte Tänzerin ruderte mit den Armen, wackelte mit dem Oberkörper und sang mit unwirklich tiefer Stimme:

»Kali, unsere Shakti, will ein Opfer heute,
drum bewegt euch, Leute!

Bringt ihr schnell die Beute,
hier ein Rätsel für die Meute.«

Dabei griff sie einen leeren Tontopf, drehte ihn auf den Kopf und schleuderte ihn, ohne dass er brach, in die Menge. Die Ungezähmten des Stammes begannen unregelmäßig zu klatschen, und als der Topf unter ihnen die Runde machte, wurden eigenartige Rhythmen darauf geklopft. Kannegi sah die Rücken der Leute, und als sich ihre nackten Hintern in die Höhe reckten, als sie sich zum Tontopf hinunterbeugten, wurde sie heiter. Würde die leichtfüßig tanzende Alte Veränderung in ihr Leben bringen, wie es jene noble Kurtisane getan hatte? War es immer wieder ein Tanz, der ihrem Leben Richtung gab? Was konnte noch geschehen? Auf einmal starrten trunkene Krieger auf Kannegi. Sie johlten laut, betatschten die Kleidungsstücke über Kannegis Busen, rissen ihr den Stoff von der Hüfte und warfen ihn in die Luft. Kavunti reagierte schlagfertig:

»Wie lächerlich wir doch erscheinen,
verbergen wir das Loch zwischen den Beinen!«

Die tollen Marvaris starrten lustvoll auf Kannegis Brüste. Wie geheimnisvoll sie unter den gefalteten Tüchern wirkten! Doch schon wurden sie abgelenkt, denn mit der einsetzenden Dämmerung erschien der Aufzug der

Jungfrauen mit brennenden Öllämpchen in den Händen. Ihre jungen Brüste wirkten im Schein der Lampen wie harte Früchte, deren Inneres süßes weiches Fleisch versprach. Ein paar starke Jünglinge trugen eine kleine kindliche Schönheit auf einer Sänfte heran. Sie stellten das Traggestell aus Bambusrohren ab, und die wie viehisch besessene Tänzerin legte dem unschuldigen Mädchen eine Kette aus Tigerkrallen über die anschwellenden Brüste, ohne dass die lebendige Kobra, die sich um den zarten Leib des Mädchens wand, gestört wurde. Die Schlange schien die winzigen heiligen Hügel der jungen Brüste schützen zu wollen. Zwei Männer banden dem Mädchen ein Tigerfell um die Hüften, nur die wenigen Haare zwischen ihren Beinen, die eine perfekte Zeichnung des nach unten schauenden Kobrakopfes bildeten, blieben frei. Eine fröhliche Frau mit ausladenden Brüsten schmückte die Kleine mit den Attributen des Shiva, dem Dreizack und der kleinen Trommel. Sie band diese an die schlanken Oberarme des Mädchens. Der zahm wirkende, für das Ritual gewählte junge Hirsch mit geschwungenen Hörnern wurde herbeigeführt. Als wolle sie ihn verzaubern, so merkwürdig wirkten die Liebkosungen, mit denen die Geschmückte das Tier bedachte. Dann stellten die Männer sie auf den Rücken des Rehäugigen. Die Auserwählte ließ sich, auf dem Hirsch stehend, mit triumphierendem Lächeln zum Schrein von Shivas Frau, der Göttin Gauri, führen. Den Tontopf, mit dem das Medium getanzt hatte, wurde der Jungfrau vorsichtig in die Hände gegeben. Ein Singsang begleitete die Zeremonie. Von hinten betatschten und berührten die Männer die runden festen Pobacken mit ehrfürchtiger Lust.

Vor dem Schrein, in dem nichts als die Waffe der Shakti stand, beugte sich die Jungfrau weit nach vorn, so dass die Spitze des Hirschhorns die Passionsblume zwischen ihren Schenkeln berührte. Sie warf ihren Kopf zurück. Die Frauen erhielten den Topf und hielten ihn der Jungfrau zwischen die Beine. Sie wurde zärtlich gestreichelt und liebevoll von vielen Händen betatscht, als sie erst das eine und dann das andere Horn des Hirsches leicht in ihre Scheide einführte. Roter Saft floss. Fruchtbarkeit, Ekstase – Blut der Jungfrau, die Göttin spricht durch ihr Opfer:

»Wenn der Kessel ist gefüllt,
in Wohlstand werden wir gehüllt!«

Das Opfer war vollbracht, und die Orgie konnte beginnen. Alles tanzte mit erhobenen Händen, die Trommler schlugen die Rhythmen, laut und schnell. Eindringlich!

In diesem Moment begann die erlöste Jungfrau auf dem Hirsch ihre Augen zu weiten, ihre Nase blähte sich, sie wurde von einer Vision überfallen, starrte dabei direkt auf Kannegi und rief nach einigem Kichern und Gurren laut:

»Unsere Königin, unsere Göttin des westlichen Landes, der berühmte, reine Juwel des Tamillandes weilt unter uns!«

Kannegis Augen blitzten. Sie stellte sich hinter Kowlams breiten Rücken. All ihre Müdigkeit schien verflogen. Da erschaute Kavunti Kannegi, wie sie mit Engeln in den hellen strohfarbenen Sphären der Lüfte schwebte, so dass ihre Füße nicht mehr den Boden berührten. Sah sie etwas voraus oder konnte die Mystikerin die göttliche Natur in Kannegi erschauen? Auch den anderen war es, als hätte die scheue Kannegi der dunklen Gauri, der jugendlichen Shakti, in ihrem Körper freizügig Wohnraum gewährt und spräche durch Kannegis Mund mit lieblicher Stimme:

»Wer an das Karma glaubt,
dem niemals wird Gerechtigkeit geraubt.«

Als Kavunti das vernommen hatte, fiel sie in Samadhi, war im Zustand der Erleuchtung.

Die Trommeln wirbelten auf. Die Zeit der unbändigen Freude begann. Die jungen Männer wählten sich eine unter den Frauen aus, die Jungfrauen wählten sich jeweils einen Mann. Die Nacht umfing alles, und unter der zarten Mondsichel wirkten die verschlungenen Grüppchen wie innig saugende Wesen. Sie glichen den Pflanzen, die sich an der Erde labten und sich auch dem Regen hingaben. Alles vereinte und vermischte sich. Die dunkle Energie der Gauri wurde besänftigt. Ihr mondsichelförmiger, elfenbeinfarbener Mund am schwarzen Firmament teilte sein tiefgründiges Lächeln mit den Heiteren. Alles geschah nur, weil die unheimliche Göttin mit den schrecklichen, rotunterlaufenen Augen auf dem Löwen herangeritten war und alle Wesen hier mit ihrer Energie durchdrungen hatte.

Als das Morgengrauen Kavunti weckte, waren die Marvaris schon bei den Wasserfällen. Vorbei war die Ausgelassenheit, sie waren wieder ernsthaft. Unerkannt blieb das Wirken von unsichtbaren Feen und Faunen, welche wollüstig in den Sonnenaufgang hineinraunten:

»Schein aus Elfenbein –
kein Wesen wirst du sein!«

Erschreckt

Schweiß überströmte ihn. Kowlam erwachte mitten in der Nacht. Im Traum hatte sich Madhavis weicher Körper an ihn geschmiegt. Sie war mit überirdischer Schönheit neben ihm gelegen. Doch waren ihre Reize für ihn ein Albtraum, eine Versuchung! Er blickte auf seine schlafende Frau und suchte Halt bei ihr. Da war ihm, als würde Madhavis Stimme aus Kannegis geschlossenem Mund betörend flüstern. Er hörte zunächst ihre süßen Worte, die ihm Zuspruch und Besänftigung für seine aufgebrachten Sinne vorgaukelten. »Ein Dämon spricht mit verführerischem Ton«, sagte er sich jedoch bald völlig erschreckt und befahl seinem Herzen, nicht an die Tänzerin zu denken. Sie aber hatte all seine Gedanken fest umklammert. Er erhob sich von seinem Lager und floh in die Dunkelheit hinein. Ruhelos lief er durch den dichten Wald, wehrte sich gegen das Gestrüpp, bis er zu einem Pfad gelangte. Er meinte, einen hohen Gesang zu vernehmen, folgte dieser Musik ganz willenlos und sah bald durch Büsche und Bäume einen silbrigen Fluss schimmern. Sein Kehle war stumpf und schrecklich trocken, er verlangte nach Wasser, so als wäre er am verdursten. Ein Gewirr aus tief herunterhängenden Zweigen bedeckte das Ufer. Schrill klangen die Schreie des grauen Affen, der sein Rudel zusammenhielt. Kowlam suchte verzweifelt einen Pfad, um an das Wasser zu gelangen, ging nach rechts, und siehe da, es öffnete sich das Gestrüpp. Vor ihm tat sich eine überirdisch erscheinende Lichtung mit einem kristallklaren See auf. Die dunkelbraune Lehmerde des Waldes bildete einen weiten Strand aus Schlamm. Oder lag da ein gefährliches Moor, das den Verdurstenden in die Unterwelt ziehen würde? Sein Verlangen nach Flüssigkeit war stärker als seine Befürchtungen. Kowlam wagte sich vorsichtig zum Ufer, bückte sich und trank. Plötzlich fühlte er die Nähe eines menschlichen Wesens in der Einsamkeit. »Unglaublich!«, wisperte seine Stimme verhalten, als eine überaus schöne Frau aus dem See stieg. Sie kam auf ihn zu, er sah in ihr Gesicht, und welch Wunder, es war Vasantamala. »Verfolgt mich Madhavi durch ihre Botin bis in meine letzte Einsamkeit?« Er wollte in die Augen der Erscheinung sehen, doch die tiefen Schatten der Nacht lagen über den Lidern. »Bin ich in einem

Wahn, was ist das hier für ein Trugbild?«, fragte sich der zitternde Kowlam, als Vasantamala fast schwebend auf ihn zukam, und ihn mit ihren lianengleichen Armen umschlang. Ihre Brüste waren vom kalten Wasser seltsam hart, und ihre kleinen, hervorstehenden Brustwarzen erregten seine Haut, als sie an ihm entlang zu Boden glitt. Er vernahm ein Flehen und Weinen aus ihrem sinkenden Körper, konnte aber nur die Strahlen des großen Diamanten, den sie im rechten Nasenflügel trug, aufleuchten sehen, nicht aber ihre Augen.

»Oh Kowlam, ich bin unschuldig. Ich habe die Worte in den Botschaften Madhavis an dich nicht verändert. Sie aber glaubt, durch mein Zutun, mein Verändern der Verse hättest du sie verstoßen, und deshalb hat sie mich aus dem Haus verjagt. Ich irre seither allein umher auf der Suche nach dir. Die Pilger, die ich traf, berichteten von deinem Aufenthalt hier. Bitte nimm mich auf und lass mich bei dir sein!«

Sie umfasste mit ihren Armen seine Hüften, zog sich dicht an seinem Körper hoch, berührte mit ihren Hüften die seinen. Er spürte ihren Bauchnabel in der Nähe seines empfindsamsten Körperteils. Ihre magischen schwarzbraunen Augen erreichten jetzt seinen Blick und schienen ihn hungrig, ja seltsam gierig anzusehen. Kowlam erinnerte sich an die Warnungen Kavuntis:

»Glaube nicht, was erscheint,
auch wenn es trügerisch weint!«

Mit letzter Willenskraft dachte er an die Göttin, rief Gauri, die Wahre, und sah einen Augenblick lang die Einzigartige auf einem Reh vor sich. Seine Lippen bebten vom Schwung der Mantras, die Kavunti ihn gelehrt hatte. Und siehe, der Zauber brach! Ein Waldgeist, der zum Ebenbild der schönen Vasantamala geworden war, verwandelte sich in seine ursprüngliche Form.

Ilango beschrieb das Erwachen dämonischer Kräfte zunächst als ein Märchen. Kowlams Karma begann sich zu vollenden und zur wirklichen Größe aufzusteigen, die alles Geschehen beherrscht. Der Dichter erkannte an dieser Stelle, dass keine seiner Figuren vor der Wirkung vergangener Taten mehr entkommen würde: »Der Mund der Schönen, die Vasantamala gleicht, verwandelt sich langsam in die Schnauze eines alten Schweins, stinkende dreckige Borsten erscheinen auf ihren Brüsten und vier weitere Zitzen entstehen aus dem Leib. Schon ist der weibliche Geist eine entsetzlich stinkende Sau. Schleimig reibt sie ihre Lüsternheit an Kowlams Bein und rennt davon, schnaubt laut, so dass die Stille der Nacht erdrückt wird: ›Heiiih, Kowlam, sag nichts zu deiner göttlichen Frau, nichts zu der heiligen Kavunti über mich. Oooh, Kowlam, noch andere Dämonen werden dich bald verführen und in die Enge treiben‹, hallt die verschworene

Stimme noch lange in Kowlams Kopf: ›ganz andere Dämonen …‹ Die nächtliche Landschaft wirkt erschreckend. Kowlam will diese unerwünschte Begegnung nur noch vergessen, er zieht den Mund verächtlich zusammen und macht sich auf den Rückweg. Seine unschuldig schlafenden Gefährtinnen ahnen nichts.«

Diese Begegnung, bei der die Schönheit sich plötzlich in Widerwärtigkeit verwandelte, wirkte nach und hielt Kowlam tagelang im Griff. Wenn auf dem Höhepunkt des Rausches der Liebe diese als Illusion zerfällt und die Ernüchterung sich einstellt, welche der beiden Wahrnehmungen ist die Wahrheit? Brauchte Kowlam das Schreckliche, um Madhavi endlich vergessen zu können, oder war dieses merkwürdige Erlebnis einer Nacht nur ein weiterer Traum?

Entsetzlich

war der Tag, der dieser Nacht folgte. Ein lüsterner, stinkender Tölpel, der einem drallen Weib an den Busen grabschte, versperrte den Pilgern jedes Weiterkommen. Seine groben Hände rieben an ihr herum, während seine Augen dumpf auf Kowlam und Kannegi starrten. Er zog das fette Weib vor Kannegi, drückte seine Hüften stoßartig gegen ihren Hintern, während aus seinem Mund der Speichel tropfte.

»Na, wer sind denn die beiden Schönen?«, rief er und hatte dabei seine geilen Augen auf Kannegi gerichtet.

Kavunti nannte es einen Wahn. Sie sprach von einem gefallenen Stern, der beim Erlöschen schwefelt und Geister aussendet. Sie wollte ohne Verzögerung geschickt an dieser Erscheinung vorbeigehen.

Kannegi und Kowlam aber konnten hier nicht unbeschädigt vorbeieilen. Die Worte des obszönen Paares wirkten wie Würmer, die ihnen die Beine hochkrochen. Wie Vampire hängten sich die Schrecklichen an sie und suchten nach den Körperöffnungen der beiden, um sie mit glitschigem, schleimigem Saugen das Abscheuliche zu lehren.

»Sie sind meine Kinder, lasst sie in Ruhe!«, sprach Kavunti die wie Irrlichter wirkenden Gestalten an.

»Ha, ha, habt ihr schon mal Bruder und Schwester gesehen, die ein Paar sind und händehaltend wie diese daherkommen? Leckt der Bruder abends die Scheide seiner Schwester und genießt deren Gerüche, hahaha?«, dröhnte es von überall.

Einer Ohnmacht nahe, versuchte Kannegi an dem Hirngespinst, welches wahrhaftig schien, vorsichtig vorbeizutrippeln, doch der Fettwanst grapschte mit einer Hand nach ihrer Brust, versuchte seinen Gierschlund an ihren Mund zu bringen, während das dicke Liebchen grinsend ihren nackten Schenkel an Kowlam drückte, noch mit geschlossenem Mund ihre Mundfäule preisgab. Maßlos in ihrer sexuellen Gier überwältigten sie die beiden jungen Pilger. Da sprach Kavunti einen Fluch:

»Ein Jahr, das sag ich laut,
seid Schakale mit räudiger Haut!«

Direkt vor den Augen der sich grausenden Wanderer verwandelte sich das teuflische Paar innerhalb von Sekunden in abstoßende Schakale. Böse Blicke warfen die bellenden Tiere ihnen zu, als sie im Gestrüpp verschwanden.

Kannegi wusste nicht mehr, ob sie einer Einbildung unterlag, die nie mehr enden würde, oder ob sie dies alles wirklich erlebte. War sie berauscht und zwangen sich ihr Erscheinungen auf? Hatten all die Drogen, die die seltsamen Pflanzen verborgen hielten, sie betäubt und ihre Sinne vergiftet? Ein Aberglaube holte sie beim entschwindenden Dunstbild des scheußlichen Viehs ein:

Von rechts nach links das Schwein –
kein Glück kann dir beschieden sein!

Der Geruch der beiden Pöbler haftete an Kowlam, der neben ihr ging. Sie ekelten sich vor jedem neuen Schritt. Vor ihnen lagen die braunen Exkremente des merkwürdigen Paars. Also war dieser Abschaum doch Realität. Kannegi krümmte sich und musste sich übergeben.

Ilango sagte sich hier, der Leser wird sich sträuben, mehr über solche widerlichen Geschehnisse zu lesen, aber er wird verstehen, dass Trugbilder den Wanderern im Weg stehen und es wichtig ist, sie als Warnung wahrzunehmen.

In der Stadt Uraiyur, die ihren Namen »Elefantenstadt« von einem Elefanten erhalten hatte, der von einem kleinen Huhn, das nichts als seine Federn besaß, besiegt worden war, kehrten sie bald schon ein. Die Ansiedlung war trotz ihres Namens keine schöne Stadt. Überall roch es nach eigentümlichen Farben, mit denen hier Fäden eingekocht wurden. In einem Nachbarort wurden aus diesen Fäden meisterhafte Tücher gewoben. Dort würde es angenehmer sein, dachte Kavunti. Aber als sie sah, wie erschöpft ihre Schützlinge waren, blieben sie in einem verlassenen Haus gleich am Anfang der Straße. Sie würden heute die Nacht auf einer schmutzigen Terrasse verbringen, und morgen würde der Spuk, der die Reise verdunkelt hatte, hoffentlich vorbei sein. Von den Nachbarn erhielten sie am nächsten Morgen verkochten Brei, doch weil er freundlich gegeben war, aßen sie ihn und machten sich schnell auf, um weiterzukommen. Zerlumpt gelangten sie in die Wälder. Ilango wurde nachdenklich und sagte: »Vor Tagen, als sie aus den Hügeln der Diebesbanden kamen, waren sie noch heiter und zuversichtlich gewesen. Wie schnell sich alles änderte. Sie waren mit Trübsinn umgeben und wurden in eine dunkler werdende Welt verstrickt. Doch gab es keine Umkehr, auch wenn sich böse Zeiten ankündigten, musste die längst begonnene Reise weitergehen.«

Furchtvoll

Rein

ist das Schwarz der Nacht. Kavunti vertraute ihrer Zuversicht als einem reinen Licht in dieser Finsternis, das ihr den Weg durch die Dunkelheit weisen konnte. Dieses Vertrauen war nötig, denn die letzte Strecke, die ihre Schützlinge noch zurückzulegen hatten, um Madurai zu erreichen, mussten sie nachts gehen.

Tags zuvor nämlich war Kannegi zusammengesunken. Ausgezehrt von der beklemmenden Hitze hatte sie nicht mehr weitergehen können. Die Fußsohlen brannten ihr. Ihr Herz fieberte nach kühlendem Schatten, und ihr Gedächtnis wollte dahinschmelzen. Doch auf der leeren Ebene schienen selbst die Bäume vor der starken Sonne geflohen zu sein, denn nirgends war auch nur ein winziger Schatten zu finden gewesen. Hatten sich alle die knorrigen Beschützer vor den brennenden Strahlen wie Feiglinge auf und davon gemacht? Warum nur war diese Gegend so baumlos?

Ach, die sich in den Schlaf wiegende Erde, wie unhörbar sie in die Dämmerung hineingestöhnt hatte, als sie Kannegi abends aufbrechen sah. Kannegi war das Mitleid der Erde verborgen geblieben. Und auch als der Atem des einschlummernden Planeten ihr mitfühlend mit dem Abendwind zuwisperte, vernahm Kannegi nichts. Weil Ilango, der Dichter selbst, sich vor dem Ende der Geschichte zu fürchten begann, ließ er die träumende Erde reden und hörte zu, wie sie das Schicksal der jungen Kannegi beweinte: »Fürchterliche Schrecken der Nacht werden meine Tochter belasten! Nicht, dass sie unter dem Gewicht meiner Edelsteine zu leiden hätte, die Arme sind entblößt von Schmuck und sie trägt nichts anderes als das Gewicht ihres Karmas. Ihre jungen Brüste sind nicht mit der kühlenden Paste meiner Sandelholzbäume eingerieben. Ungetröstet wiegen sie beim Gehen. Keine meiner duftenden Blüten durchwehen ihr langes Haar. Die Südwinde aus Madurai werden ihr entgegenbrausen, ohne dass ich, die Erde, sie auf der Hochebene beschützen kann mit meinen Wäldern. Wie gern würde ich meine Menschenkinder singen hören, doch die Gedanken der Dichter in Madurai sind gelähmt. Die Trägheit der Schwermütigen wird Kannegi bei der Ankunft in jener Stadt treffen. Die Schreiber dort befürchten längst, dass ihre Zungen versagen, weil es keine glückliche Vereinigung zu besingen gibt. Lieblosigkeit lähmt die Einfälle der Barden, besonders wenn ihre Herzen von der wachsenden Mondsichel angestichelt werden.«

Kannegis Augen waren geweitet, als sie in der Einfarbigkeit der Nacht den Geruch des Tigers einatmete. Schleppend wurde ihr Gang.

»Kannegi, in dieser Nacht wird der gefährliche Tiger unseren Weg kreuzen. Eulen heulen, und Bären donnern mit ihrem schrecklichen Gebrüll. Gib deine Hand nicht der Angst hin, halte die meine fest.«

Nachdem Kowlam dies seiner Frau zärtlich zugeflüstert hatte, heftete er seinen Blick auf die behände vor ihm gehenden Füße Kavuntis. Sie schien furchtlos, während sie leise die Natur besang. Sie beschrieb den wilden Bären als sanft und den Tiger als wohlgestimmt!

Die Nacht war ein abgeschlossener Raum, der alles im Dunkel gefangen hielt. Sie gingen ihres Weges, bis der Ruf des Kuckucks den herannahenden Morgen verkündete. Er sprengte mit der einsetzenden Dämmerung die düsteren Kammern der Schwärze.

»Ist der König der Pandia gerecht,
dann geht es auch uns nicht schlecht!«

Warnte Kavunti den König der Pandia, den mächtigen Herrscher von Madurai, mit dieser Prophezeiung? Der

Verstand kann nicht über das Karma bestimmen, es wirft seine Schatten voraus und wird den Tod überdauern. Hat sich das gute Karma verbraucht und ist es – wie die Nacht am Morgen – vergangen, dann ist dem Unheil nichts entgegenzusetzen. Sie blickte mit festem Blick auf Kowlam. Er wirkte im Morgengrauen völlig erschöpft von den Anstrengungen.

Als sie mit der aufgehenden Sonne endlich die Grenze zum Königreich der Pandias überschritten, rief Kavunti dem König einen Gruß hin:

»Pandias, seid besonnen,
dann ist der Friede gewonnen!«

Hungrig und müde, doch froh, den Klauen der Finsternis entkommen zu sein, betraten sie die erste Siedlung im fremden Reich. Es war das Dorf der Sänger.

In trautem Einvernehmen
lagen die strohgedeckten runden Lehmhütten nebeneinander. Sie waren weit ausladend und formten ein großes Rund, in dessen Mitte das Gästehaus aus Bambus einladend auf sie schaute. Eine junge Frau, die nur ein buntes Tuch um die Hüften gewickelt hatte und deren schlanke Beine unter den Knien sichtbar waren, hieß sie

willkommen. Sie reichte kühles Wasser aus einem Tonkrug und führte die beiden müden Gäste zu einem etwas abgelegenen Badehaus.

Als wäre das Glück zurückgekehrt, so heiter wurde Kannegi, als sie mit Blütenwasser von zwei Frauen gebadet und mit wohlriechenden Düften massiert wurde. Allerlei Früchte und köstliche Speisen lagen vor ihr. Aus den fremden Hütten klangen Stimmen und Melodien, irgendwo wurden die Saiten eines Instruments gestimmt. Bald schon schlief Kannegi auf den feingewebten Bastmatten friedlich ein. Die Strapazen der Reise waren vergessen.

Kowlam war zu einem Weiher gegangen, um sich in dessen Wasser zu erfrischen. Nachdem er eine Weile durch das kühle Nass getaucht war, beschloss er, im Schatten eines grünen Baumriesen zu ruhen. Gerade als er sich dem Schlaf hingeben wollte, vernahm er eine männliche Stimme. Doch war niemand zu sehen. War er durch die Anstrengungen der Nacht nicht recht bei Sinnen? Er hörte deutlich:

»O Kurukattibaum, all deine Blüten sind gefallen, weil du die Hitze des heraneilenden Tages nicht ertragen kannst. Du scheinst von demselben Leid betroffen wie die zarte Blüte Madhavi, deren Herrlichkeit darniederliegt, weil sie von einer Trennung mit Schmerz übersät wurde.«

Um Kowlams Herz legte sich eine eiserne Klammer,

die ihn fast erdrückte. Waren es wirre Gedanken, die hier umherirrten und ihn wahnsinnig machen wollten? Plötzlich rief die Stimme voll Freude:

»Ich habe ihn gefunden«, und der junge Kausikan sprang von einem Ast des Baumes herab. Im Licht der Sonne stand sein Cousin aus Pukar. Er war echt und keine Erscheinung. Er sah Kowlam mit treuem Blick in die Augen und berichtete, dass er ihn schon seit einigen Wochen suchen würde. Er erzählte mit traurigem Ausdruck, was sich in Pukar zugetragen hatte, seit jener die Stadt verlassen hatte:

»Kowlam, dein reicher Vater schottet sich ab und sinkt in das Gefängnis der Einsamkeit. Deine Mutter, die zuversichtlich ins Leben geblickt hat, ist schwerfällig wie eine Kobra, die ihr unbezahlbares Kopfjuwel verloren hat. Deine Verwandten sind sich ungewiss, wie sie die Leere füllen sollen, die deine Flucht bewirkt hat. Deine Bediensteten sind, wie ich, in verschiedene Richtungen ausgezogen und laufen völlig verwirrt umher. Sie haben den festen Willen, dich zu finden und zurückzubringen. Viele Menschen in Pukar können nicht verstehen, warum ihr beide fortgewandert seid, um als Bettler nach Almosen zu verlangen. Madhavi aber gibt Grund zu schlimmsten Befürchtungen. Nachdem ich ihr von eurem heimlichen Fortgang berichten musste, verlor sie all ihre Gesichtsfarbe und fiel in Ohnmacht. Tagelang habe ich versucht, ihr diesen Schmerz zu lindern, doch vergeblich! Sie fiel vor mir nieder und flehte mich herzzerreißend an, euch zu suchen und dem, den sie mehr liebt als ihr Augenlicht, diese Botschaft zu bringen.«

Er überreichte dem erstarrten Kowlam ein versiegeltes Palmblatt. Der kostbare Duft von Madhavi wehte Kowlam beim Öffnen entgegen, und seine Hand zitterte. Er fürchtete, er würde sein Gedächtnis verlieren, als er Madhavis Botschaft las:

Kowlam, mein Freund,
verzeih mir die Vertrautheit, mit der ich mich an Dich wende. Bitte, benenne den Fehler, den ich gemacht habe, und der Dich dazu trieb, im trüben Morgenlicht unsere Stadt zu verlassen, Dich wie ein Dieb fortzustehlen. Was habe ich falsch gemacht, dass auch die edle Kannegi solch Schrecken erleiden muss und jetzt über dornige Wege dahingeht? Mein Gewissen findet keine Ruhe, eingefangen in einem Labyrinth sucht es die Wahrheit.
In wenigen Tagen werde ich ein Kind gebären, wird es seinen Vater je sehen können?
Deine dir ergebene Madhavi.

Kowlam war überwältigt. Er hatte Angst vor einem dunklen Abgrund, in den er fallen könnte, fürchtete sich davor, dass sein Herz zerbrechen könnte. Wenn jetzt die

Liebe, die er in der Dunkelheit des Unbewussten noch in sich trug, ans Licht drängte, er würde nicht weiterleben können, er würde seine Pilgerreise nach Madurai nicht beenden können. Seine innere Festung würde gesprengt werden und er würde dem Tod begegnen. Doch ließ er zu, dass die Ungerechtigkeit, mit der er Madhavi verurteilt hatte, zerbröckelte. Sein Widerstand der Tänzerin gegenüber war gebrochen.

»Madhavi trifft keine Schuld, sie ist eine unerreichbare Königin. Ich bin der schmutzige Dieb. Wie ungeheuerlich war es von mir, sie zu verdammen!«

Kausikan versuchte, ihn zu überzeugen, nach Pukar zurückzukehren. Erst als er Kausikan versprochen hatte, dass er, sobald er sein Glück in der Stadt der Pandias gemacht hatte, nach Pukar zurückkehren würde und ihm Botschaften an all seine Lieben geschrieben hatte – an Madhavi konnte er zuerst nicht schreiben, und schrieb dann doch auch für sie eine kurze Botschaft, die lautete: »Segenswünsche zur Geburt. Wird es ein Mädchen, nenne sie Manimegelai nach der Göttin des Meeres« – konnte Kausikan verstohlen den Rückweg nach Pukar antreten. Er wollte auf keinen Fall Kannegi begegnen und sie mit seiner Erscheinung an die Heimat erinnern. Es würde ihr Leid nur noch mehr vergrößern. Kowlam quälte sich nach der Begegnung mit Kausikan. Er war innerlich zerrissen, zwischen dort und hier, gestern und heute, und fürchtete sich vor dem Morgen. Er fiel in einen

Zustand, in dem er weder wachte noch schlief. Am späten Nachmittag besuchte er das Haus eines Musikers, bat diesen um seine Laute und spielte eine Weise, deren lang gezogene tiefen Noten selbst den Himmel traurig zu stimmen schienen. Die Nachtigall antwortete bald mit ihrem Gesang. Sie mahnte die Pilger zum Aufbruch. Und als der allmächtigste aller Planeten, die Sonne, die an diesem Tag schrecklich, wie ein Tyrann, gewütet hatte, seine Niederlage vor der düsteren Befehlshaberin, der Dämmerung, erlebte, begannen die drei mit dem letzten Abschnitt ihrer Reise. Am Morgen würden sie ihr Ziel erreichen und vor den Toren von Madurai stehen.

Kavunti sang Lieder, um vor den Dämonen der Dunkelheit geschützt zu sein. Der Mond, den die Pandia als ihren Ahnherrn rühmten, wollte sie mit seiner Gefolgschaft aus Sternen versöhnlich willkommen heißen. Fröhlich leuchtete seine anschwellende Scheide am Firmament. Doch in der Weite der glänzenden Steppenlandschaft war keine Geborgenheit. Der Weg der Wanderer schien sich ins Leere zu verlieren. Ihre Gesichter hatten ein geisterhaftes Aussehen. Fernab, ohne Verbindung! Verlorenen Blickes erkannten sie, dass Heimatliches völlig verwirkt und dahin war. Kavunti war eine dunkle, geheimnisvolle Kraft, der Kannegi blind folgte. Der zarte Mondschatten hatte einen silbernen Glanz auf Haut und Haar der drei gelegt. Unwirklich, fremd, nichts mehr war vertraut! In das unbekannte Land hineinzugehen war in dieser Nacht, als würden sie durch ein weit geöffnetes Tor treten, hinter dem Unheil lauert.

Düster und abschreckend lag die alte Festung von Madurai in der Morgenröte. Abweisend stand sie vor den Ankömmlingen, die erschöpft ihr Ziel erreicht hatten. Die Flagge der Pandias wehte über dem steinernen Koloss. Sie war Künderin zahlreicher Siege der mächtigen Pandiakönige über ihre Feinde und wirkte doch wie eine abwehrende Hand am Horizont, die zu sagen schien: »Nein, kommt nicht in diese Stadt herein!« Der stumme Ausdruck der majestätischen Geste bedrängte Kannegis Gemüt. Doch ohne auf ihre Eingebung zu hören folgte Kannegi Kavunti zum Fluss. Er war ein schwermütig dahinfließendes Wasser. Abgerissene Blumen hatten ihn in einen Blütenstrom verwandelt. Die Barken der Flößer waren mit Schnitzereien aus Furcht einflößenden Löwenköpfen, mit wilden Pferdegesichtern oder riesigen Elefantenhäuptern verziert.

Kavunti bestieg mit Kannegi eine Barke, Kowlam verhandelte mit dem Fährmann. Die rauen Gesänge der Fährleute begleiteten ihre Überfahrt. Als wäre sie besorgt um die Blüten, die tot den Fluss hinuntertrieben, blickte Kannegi ins dunkle Wasser und sog ihren immer noch betörenden Duft ein. Sie atmete schwer. Auch am anderen Ufer empfand Kannegi eine unheilvolle Beklemmung. Sie sah den Lotos weinen. Geschüttelt vom Morgenwind vergoss er seinen Blütennektar wie Tränen. Das Summen der Bienen klang wie ein jammervolles, ständiges Seufzen, so als würden die kleinen emsigen Tiere die Ungewissheit des Lebens beklagen.

Als sie auf den Fluss zurückblickte, sah sie, wie die Morgennebel sich langsam lichteten. Es ist die Zeit der Dichter, sie preisen den kommenden Tag als Hoffnung. Doch wollte keine Stimmung für Verse aufkommen, die Barden am Ufer schienen stumm zu trauern.

Die drei Pilger erreichten die Stadttore, und die aufgehende Sonne leuchtete die Allee hinunter. Diese große Prachtstraße war gesäumt von mächtigen Stämmen, deren Glätte sich in der Baumkrone auflöste. Es war, als würden sie mit ihren wedelnden Zweigen herunterlachen. Die Palmfrüchte trugen sie so hoch, dass die Hungrigen sie nicht pflücken konnten. Als ihnen ein buckliger Bulle entgegenlief, wussten sie es nicht als schlechtes Omen zu deuten. Kavunti brachte Kannegi und Kowlam zu den Ayarleuten, deren fürsorglicher Umgang mit den Kühen ihnen Ansehen gab. Eine junge Frau mit einem kleinen, mit Tressen verzierten Schal um den Busen kam mit tänzelnden Schritten auf Kannegi zu. Kavunti blieb jetzt nichts anderes mehr übrig, als Kannegi und Kowlam der Vorsehung zu überlassen. Nach einem jähen Abschied, bei dem sie ein kurzes, segenbringendes Mantra flüsterte, folgte die Weise ihrer weiteren Bestimmung und machte sich auf zum heiligen Arivan. Dort wollte sie in tiefe Stille versinken, um sich mit dem weisen Mann zu verbinden.

Kowlam musste nun Kannegi zurücklassen, um in der Stadt den königlichen Goldschmied zu finden, dem er seine Amulette verkaufen wollte. Er streichelte sanft ihr Haar, sah ihr in die Augen, berührte mit den Händen ihre Füße, als wäre sie seine Göttin. Kannegi streifte einen der Fußreifen ab und reichte ihn feierlich Kowlam. Er wollte herausfinden, was dessen Wert sei. Weil er nicht sogleich gehen wollte – es war, als würde eine unbekannte Macht ihn festhalten –, kochte er liebevoll, mit der Hilfe von Matari, der schönen Ayarfrau, sorgfältig das Essen für Kannegi. Mit inniger Empfindung brachte er seiner Vertrauten die Speise. Er versprach, noch vor der Nacht zurück zu sein. Dann flehte er Matari an, sich um Kannegi zu kümmern:

»Matari, euer Mitempfinden sei heilig, ihr teilt euren Reichtum mit uns, bleibt meiner Dame treu, bis ich zurück bin.«

Als Kowlam hinausging, sah Kannegi ihm schwermütig nach. Sie waren beide auf der Pilgerreise über sich hinausgewachsen und wollten die Verantwortung füreinander mit Ernst und Würde tragen. Deshalb war der Abschied für beide schmerzhaft. Bald schon wusste Matari mit ihren flinken Augen Kannegi zu trösten. Sie erkor sie zu ihrer neuen Freundin und ermutigte sie mit kecken Blicken, ihr zu vertrauen.

Schon betastete Kannegi die feine Stickerei auf dem weiten Rock Mataris, und die Ayarfrau streichelte Kannegis zartes Handgelenk, bewunderte ihre aristokratische Haltung. Sie rief nach dem kleinen Jungen, der mit einer zärtlich blickenden Kuh herbeikam. Die Milch wurde aus dem Euter auf einen silbernen Teller gemolken, und Kannegi labte sich mit Lust. Vielleicht würden ihre vorausgegangenen Befürchtungen nichtig werden.

Matari legte Kannegi liebevoll den Arm um die zarte Taille und führte sie in ihr reich bemaltes Haus. Bevor sie durch die niedere Tür in Mataris Haus eintraten, verbeugte sie sich vor der Schutzgottheit. Müde und so plötzlich getrennt von den Gefährten, sank Kannegi in einen ohnmächtigen Schlaf.

Aufgeschreckt
von den aufgeregten Rufen Mataris: »Die Milch ist nicht geronnen, und es ist kein Joghurt entstanden!«, erwachte Kannegi in der fremden Umgebung. Es war längst wieder Morgen. Sie hatte den Tag und die Nacht durchgeschlafen. Sie erhob sich von dem Lager aus

weichen gewebten Decken, lief durch ein leeres Haus und ging hinaus, um im Bach zu baden. Sie sah, dass der Leitbulle Tränen in den Augen hatte. Die schönen Ayarfrauen waren um ihn versammelt, außer sich vor Entsetzen.

»Die Kälblein blöken nicht fröhlich, und die Mütterkühe muhen ohne Unterbrechung. Es muss etwas Schreckliches passiert sein«, hörte Kannegi sie reden. Schon erschienen mit großen Masken die Männer aus ihren Häusern und bereiteten sich vor, die Kolutänze aufzuführen, um ein böses Omen abzuwenden. Trommler kamen hinzu. Sie riefen: »Dem Unheil muss entgegengetreten werden. Tänze helfen!« Niemand beachtete Kannegi. Sie schaute den Tanzenden zu. Sie wusste nicht, was das alles bedeutete. Ihr war unheimlich zumute. Ganz beklommen war ihr Herz von den unbekannten Rhythmen. Ein Aufschrei der Tänzer erschreckte sie. Noch furchterregender erschienen ihr jetzt die dämonischen Masken, und der bebende Boden verweigerte ihr jeden Halt, so dass sie erneut wie ohnmächtig niedersank. Ihre Glieder zitterten, zuckten, als sie von Ferne den Schrei einer männlichen Stimme zu hören meinte.

»Oh, mein Gott, Kowlam, wo bist du, warum bist du nicht hier, bist du nicht zurückgekehrt?«, wollte es aus ihr sprechen, doch versagte ihre Stimme. Gelähmt von Besorgnis war Kannegi unfähig, weiter auf die Tänze der Ayar zu blicken. Matari war nirgends zu sehen. Kannegi starrte ins Leere. Kowlam hatte keinen Boten gesandt. Angst überwältigte sie. Sie konnte nicht mehr atmen. Von Schrecken überwältigt, verlangte sie nach Yama, den König über Dharma, den Todesverkünder. Als Kannegi am Leben zweifelte, war es, als hätte die gesamte Welt ihre Unschuld verloren. »Ich bin Teil eines großen Unheils«, seufzte sie und sackte in sich zusammen. »Warum sind wir in diese schreckliche Stadt gekommen?«

Ilango fügte seiner Geschichte hinzu: »Warum auch sind sie nach Madurai gelaufen? Ist die gesamte Stadt zu verurteilen, weil sie einen König hat, der sein Dharma nicht kennt, oder ist es aufgrund von Kowlams Karma geschehen, weil jener sich in einer früheren Geburt versündigt hat? Wer nun bringt das Leid über die zarte Kannegi?«

Gewalttätig

war Kowlam gepackt worden. Vier Wächter des Königs hatten ihn gefesselt und fortgeschleift.

»Gehängt wirst du, elender Dieb!«, war alles, was er unter Schock vernahm. Als er im hinteren Hof des Königspalastes vom Pferd gezerrt wurde, erblickte er den Galgen im Morgengrauen vor sich, der wie ein gruseliger

Finger gegen den Himmel zeigte. Ohne den König der Pandia zu sehen, ohne angehört zu werden, wurde er gewaltvoll in die Schlinge gepresst und nach oben gezogen. Er fürchtete sich schrecklich. Waren es Dämonen, die sein Leben in der Hand hatten? Während die Vollstrecker noch untereinander redeten, hörte er auf zu denken. Er war ein Reh, das in die Enge gehetzt wurde von seinem Feind, einem Rudel Schakale, und gab sich völlig auf.

Hinaufgezogen von den Seilen bohrte sich der Schmerz in seine Seele. Er blickte weit hinaus in die Landschaft Madurai. Die Luft schien ihm als ein drohendes, alles verschlingendes Meer. Vor ihm erschien die Meeresgöttin Manimegelai, die Ertrinkende retten kann. Das Letzte, was er sah, waren unzählig viele Kurtisanen, sie flüsterten einem kleinen Mädchen zu. Er konnte im Angesicht des Todes das Gesicht seiner ungeborenen Tochter sehen. Und er hörte den Namen, den die Kurtisanen ihr gaben als letztes Wort:

»Manimegelai!«

Der Strick würgte ihn, und weil niemand da war, der »Halt, unschuldig!« schrie, weil der Himmel sich nicht öffnete, nichts tat, alles geschehen ließ, litt der Sterbende und verlangte nach des Himmels luftiger Verbindung. Er war schon durchsichtig und blau, wie der frühe Horizont am Morgen, als er mit den noch lebendigen Sinnen seine letzte Trennung vom feenhaften Element des Äthers aufnahm. Bangigkeit umgab ihn, als das Seil ihn immer mehr würgte. Dann aber ließ er jeden Schmerz zurück und wurde eins mit der Unendlichkeit. Ein Engel umfing den Sterbenden mit grausiger Schönheit und wurde Licht, dann war er ein Sohn des Himmlischen. Er hatte unsere Mutter, die Erde, verlassen, um in den endlos tanzenden Kosmos zurückzukehren.

»Mensch wird Gott, Gott wird Mensch, alles ist vergeben«, klang es durch die Lüfte. Schwarz wurde leuchtendes Blau, als Kowlam sich hinauf in die Sphären der Schwerelosigkeit drehte und sein Körper hinunter in die Formlosigkeit sank.

Wütend

Wilde Schreie,
Schrecken in den Gesichtern – ein Bote war unter den Tanzenden erschienen. Kannegi starrte auf das Getümmel.

»Sagt, was ist mit meinem Mann, was ist mit Kowlam?« Entsetzte Augen waren die Antwort!

»Wo bist du, Kowlam?«, flüsterte sie und dachte: »Oh Sonne, gerade aufgegangen, willst du zurücksinken? Licht, willst du aufgeben, zu sein?«

Der Bote sprach: »Der königliche Goldschmied hat deinen Mann als Dieb beschuldigt! Jener Kowlam aus Pukar bot ihm ein Amulett zum Kauf an, wie es nur Königinnen besitzen können, denn es war von unermesslichem Wert! Und weil genau dieses Amulett der Königin Tage zuvor gestohlen worden war, wurde Kowlam des Diebstahls bezichtigt und, ohne angehört zu werden, gehängt!«

Als wäre sie gar nicht mehr auf dieser Welt, so teilnahmslos fragte sie: »Wie konnte es geschehen?« Ihr herabfallendes Haar bedeckte das zarte Gesicht wie schwarze Wolken den abnehmenden Mond verschleiern.

Rasend

vor Wut erhob sich Kannegi ruckartig aus ihrem Dämmerzustand. Sie reckte die Arme in die Lüfte und schlug sie sich auf die Brust. Die Ayarleute blickten auf Kannegi. Eine tiefe Stimme erklang, war es die Rachegöttin, die jetzt aus ihr sprach?

»König der Pandia, du hast das Dharma verletzt, einen Unschuldigen in den unzeitigen Tod gehetzt! Rache! Ich bin rein, bin das Recht, Kowlam wird auferstehen. Diesem König soll es schlecht ergehen! Wenn wir in den Palast hineinwehen – wie der Nordwind –, wird ein König vergehen!«

Sie begann loszulaufen. Die Ayarleute, auch die, die noch die Masken aufhatten, folgten ihr. Die Bewohner von Madurai, die diesen Aufzug erblickten, wussten: etwas nie wieder gut zu Machendes war über sie und ihre Stadt gekommen. Wie ein Feuer verbreitete sich das Schreckliche:

»Der König hat sein Dharma verletzt, Leute, lasst uns den Aufrührern folgen, auch wir sind entsetzt!«

Schon begann das Raunen überall zu einem erstaunlichen Sturm in Madurais Gassen anzuwachsen.

»Eine Göttin wird aus dem Mund jener fremden Frau sprechen, sie wird die Macht unseres Königs brechen!«

Vor dem Palast rief der Rachengel aus Kannegis Mund:

»Kowlam ist Erde!
Der Pandia-König sterbe!«

Unheimlich war die fast männliche Stimme, die aus der zarten Kannegi sprach. Eine ungerechte Tat wird entsetzliches Grauen hervorrufen und den König vom Thron stürzen, das wusste ein aufgebrachtes, sich um Kannegi versammelndes Volk. Es stand von jeher geschrieben in den alten Büchern: Ein König, der sein Dharma als gerechter Beschützer beschädigt, weil sein Geist von Leidenschaft umnebelt ist, wird Feinde und schreckliche Verwüstung über die Stadt und das gesamte Land bringen.

»Gibt es hier einen Gott in dieser Stadt, nennt mir einen Gott, und wenn, bestraft er Unschuldige mit dem Tod?« Wieder war es die echte Stimme der Kannegi, die zitterte und jammerte:

»Ich ertrage mein Leid nicht, ich gleiche denen, die vom gefallenen Krieger zurückgelassen sich auf dem Scheiterhaufen verbrennen, oder denen, die, wenn sie ihren Mann verloren haben, von Ort zu Ort irren, hierhin und dorthin rennen, beten und schließlich im ohnmächtigen Dunkel nichts mehr erkennen. Oh ihr Götter, nichts seid ihr im Angesicht meines Schicksals! Was könnt ihr schon tun? Wenn Taten aus längst vergangenen Zeiten heute ihre Wirkung zeigen, wird nichts mehr ruhen!«

Da schob die wolkenumflorte Sonne ihre schweren flockigen Hindernisse beiseite und ihre Strahlen schienen tröstend hernieder, während eine Stimme am Himmel hörbar wurde:

»Kowlam ist kein Dieb, er ist unschuldig gestorben!«

Durchtrieben

in seinem ganzen Handeln war der verdorbene Goldschmied. Er selbst nämlich war der Dieb, der das Fußamulett der Königin gestohlen hatte. Als Kowlam ihm das Amulett der Kannegi ein paar Tage nach dessen Raub vorlegte, sagte er sich hämisch und leise: »Welch ein Zufall, wie kommt mir das zugute! Hier kommt ein Fremder und bietet mir ein gleich aussehendes Amulett zum Verkauf an.« Kowlam nahm an jenem schicksalhaften Tag die Einladung des betrügerischen Goldschmieds, in seinem Haus zu ruhen, bis jener seinen finsteren Plan zu Ende gebracht hatte, ohne Argwohn an. »Umgehend werde ich mich zum Palast des Königs begeben, fremder Herr aus Pukar, und der Königin das Amulett vorlegen«, hatte der Listige mit Engelszungen gesprochen.

»Legt Euch auf dieses schöne Lager und ruht Euch nach der beschwerlichen Reise aus. Meine Diener werden bereitstellen, was immer ihr Euch wünscht. Sie werden für neue Kleider und ein fürstliches Mahl sorgen. An nichts soll es Euch mangeln!«

Kowlam hatte nichts befürchtet. Nicht hatte er geahnt, dass sich sein Karma in wenigen Stunden erfüllen würde. Dem Goldschmied war Kowlam als Retter erschienen, mit dessen Amulett er seine Tat ungeschehen machen konnte. Hätte Kowlam doch nur die unruhig hin und her gleitenden Pupillen des Betrügers wahrgenommen, wäre er gewarnt gewesen. Aber er war geblendet vom Wappen der Pandias auf des Goldschmieds Brust.

Als der gemeine Gauner den Palast erreicht hatte, fand er den König in unbeständiger Laune. Seine Königin, reich an Einbildungskraft und einfühlsam in der Liebe, wurde von der Vorstellung getrieben, der König hätte sich in eine der schönen Tänzerinnen des Hofs verliebt und dieser ihr entschwundenes Fußamulett geschenkt. Um ihre völlig grundlose Eifersucht zum Ausdruck zu bringen, hatte sie einen Liebesstreit mit dem König begonnen, Kopfschmerzen vorgetäuscht und sich in ihre Gemächer zurückgezogen. Der König, der die Abweisung der Königin ungerechtfertigt fand, war fürchterlich wütend geworden und gerade auf dem Weg zu ihrem Schlafgemach, als sich ihm sein Goldschmied in den Weg stellte.

»Mein König, ich habe das Amulett der Königin, hier ist es, und der Dieb ist in meinem Haus gefangen.« Dabei hielt er Kannegis Fußamulett dem König vor Augen.

Es war der Moment, als des Königs Karma aus vergangenen Zeiten ihn einholte. Von Sinnen, die launische Königin zu bestrafen, griff er gierig nach dem Amulett, um es ihr zu bringen und ihre Anschuldigungen nichtig zu machen. Mit leidenschaftlicher Stimme rief er aus:

»Wenn das Amulett der Königin von den Händen eines Diebes berührt wurde, dann muss dieser Dieb morgen früh, noch vor Sonnenaufgang, gehängt werden. Befolge meine Anweisung!«

Nach diesem fatalen Ausspruch begab er sich vor das Schlafgemach der Königin. Und da er das Amulett, das sie vermisste, in den Händen hielt, war er freudig eingelassen worden.

Überrascht

war in jener schicksalhaften Nacht Kowlam. Er war im Haus des Goldschmieds, in dem er vor Erschöpfung von der langen Pilgerschaft eingeschlafen war – und vielleicht hatte jener Gauner ihm auch noch einen Schlaftrunk verabreicht –, von den Palastwächtern aufgespürt worden. Sie hatten den Ahnungslosen gefesselt und zum königlichen Verlies geschleppt. Früh am Morgen kamen die Vollstrecker, um ihn hinzurichten. Jedoch hatten sie Zweifel bekommen und unter sich zu reden angefangen.

»Seine Züge sind so fein und edel«, hatte der erfahrene Alte zu seinen Männern gesagt, und auch einer der Jüngeren hatte zu bedenken gegeben:

»Er strahlt solche Würde aus, eine Todesstrafe scheint hier nicht angebracht zu sein.«

Der durchtriebene Goldschmied aber widersprach ihnen:

»Diebe benützen Magie, Mantras, Drogen, Kunstfertigkeiten und Omen, sie verstellen sich und beherrschen die Kunst der Täuschung vollendet. Wollt ihr euch betrügen lassen von diesem Scharlatan und die Wut des Königs auf euch ziehen?«

Als der Jüngste unter den Vollstreckern daraufhin noch erzählte, wie ein Dieb in sein heimatliches Dorf eingedrungen war und mit welch durchtriebener Art und Weise er auf der Suche nach wertvollen Schätzen in seinem Dorf umtriebig gewesen war, und hinzufügte: »Schrecklich wie ein Tiger hatte er gewütet«,veränderte sich die Stimmung unter ihnen.

»Selbst als ich mein Schwert gekonnt zog, hat dieser Wüterich mir, einem Schwertkünstler der Königlichen

Wache, das schwere Schwert mit Magie entrissen und ist mit ihm für immer verschwunden!«

So war den Männern, die diese schreckliche Tat des Strangulierens ausführen müssten, bewusst geworden, dass die Durchtriebenheit der Diebe sehr gefährlich sein kann. Daraufhin hatten sie ihre Meinung geändert.

Außerdem hatte niemand Lust, Ärger mit dem König zu bekommen.

»Kommt, Männer, lasst uns tun, was getan werden muss!«

So hatten sie Kowlam vor Sonnenaufgang in die Schlinge gezwungen.

Bebend

hatte sich die schöne Königin, kurz bevor die zornige Kannegi den Palast erreichte, vor den Thron des Herrschers gestürzt. Ihre leise, zitternde Stimme war durch den düster klingenden Aufschrei der Krähe nur schwer zu hören gewesen.

»Gebieter, ich hatte einen fürchterlichen Traum. Das Tor des Palastes brach, die Glocke bebte, das Zepter stürzte und der purpurrote Schirm, unter dem deine Regentschaft steht, versank ins Nichts. Ich sah, wie die Sonne von einer plötzlich aufsteigenden Dunkelheit verschluckt wurde und wie ein irisierender Regenbogen die unnatürliche Nacht durchstach. Mitten darin ein feurig rotes Glühen, in dem fallende Sterne zergingen!«

Kaum hatte die Königin ihren Traum zu Ende erzählt, drang die übernatürliche Stimme, die als magische Mittlerin durch Kannegi sprach, auch in die Halle des Regenten.

»Wächter, sag dem verwirrten König, hier steht eine Frau, deren Amulett gestohlen wurde.«

Der König ordnete an, Kannegi vorzulassen. Sie zog ihr langes Haar wie eine schwarze Schleppe hinter sich her, ihr rotes Gewand glitt von den Schultern, ihre nackten Brüste waren sichtbar.

»Edle Fremde, was führt dich so aufgebracht vor meinen Thron?«

»König«, sprach die wirkliche Stimme Kannegis, »ich stamme aus dem Reich Pukar, unser König regiert gerecht, die kleinste Taube beschützt er, niemandem ergeht es dort schlecht. Ich kam hierher mit meinem Mann Kowlam, dem Sohn des ehrenwerten Kaufmanns Mecattuvan. Mein linkes Fußamulett hier ist echt. Wo ist das rechte Gegenstück? Es zu fordern ist mein Recht. Kowlams unschuldiges Blut färbt diese Stadt rot, wegen Eurer Ungerechtigkeit ist er gestorben! Ein Paar wir einst waren, Ihr habt uns getrennt! Fügt zu meinem linken Amulett das rechte, dass Ihr Kowlam stahlt!«

»Aufgebrachte Dame, dein Mann war ein Dieb!«

Und wieder wechselte ihre Stimme, wurde unheimlich:

»König, du bist irr,
im Wahn der Illusionen wirr!«

Der König redete seine Frau an: »Königin, was ist der Inhalt eures goldenen Reifs? Zeigt euer Bein, streift vom Fuß das rechte Amulett«, forderte der König.

»Perlen sind in meinem goldenen Reifen enthalten«, antwortete verängstigt die Königin.

»Aah …«, als würde eine Tigerin graulen, sprach Kannegi:

»Mein Amulett enthält Smaragde und Diamanten!«

Der König hatte noch seine Fassung gewahrt und sagte zur fremden Frau, zu Kannegi, die scheinbar von einem Geist besessen war:

»Alles, was du sagst, ist schlau gesagt, so gib dein Amulett her!«

Kannegi streifte es von ihrem Fuß, und als der Goldschmied es aufbrach, fielen Diamanten und Smaragde vor den Hofstaat. Dann wurde das vom Goldschmied zurückgebrachte Amulett der Königin vom Fuß genommen und aufgebrochen. Und siehe da, es enthielt keine Perlen, sondern Diamanten und Smaragde. So war es vor allen Versammelten des Hofes bewiesen, dass es das Amulett der Kannegi war. Der König wankte, verlor alle Farbe, schwankte hin und her und stammelte fassungslos:

»Bin ich ein König? Nein! Weh mir, ich habe den Worten eines Goldschmieds blindlings Glauben geschenkt. Ich bin ein Tölpel, ich bin der Dieb! Ich habe einem Unschuldigen das Leben genommen. Weh mir, mein königliches Dharma ist verwirkt!«

Wie von allen guten Geistern verlassen, fiel er von seinem Thron zu Boden, wo er wie ein umgestürzter Baum im Sturm den Weg versperrte.

»Wer den Todesgott beschädigt, den großen Herrscher über Dharma, wird sterben müssen!«, so ging das Geflüster durch den Königspalast.

»Für die, die unrechtmäßig handeln und sich mit Schuld beladen, kommt die Strafe von selbst«, dachten die Anwesenden voller Furcht. Die Königin, die jämmerlich in sich zusammengesunken war, stammelte leise und verzweifelt:

»Was soll ich tun?«

Kannegi war auf einmal die Gerechtigkeitsgöttin selbst. Sie erhob sich und sprach mit lieblichem Tonfall:

»Mein Geliebter ist von dieser Welt gegangen. Ich stehe hier allein mit meinem Fußjuwel und fürchte mich nicht!«

In diesem Moment traf der Blick aus den Augen Kannegis den Blick des Königs. Sein Herz brach vor der Reinheit der göttlichen Frau entzwei.

Die Königin begann zu kreischen, beugte sich über den König, wurde wahnsinnig vor Leid. Doch wie gebannt blieb der Hofstaat stehen. Kannegi trat vor alle hin und sprach:

»Ich bin es, nicht die Königin, die von der Bestimmung auserwählt wurde, das Leid auf mich zu nehmen. Das Schicksal hat mich hierher gehetzt. Derjenige König, der einen anderen Mann am frühen Morgen hat niedermetzeln lassen, wurde selbst tödlich verletzt!«

Sie stieg über den leblos daliegenden König hinweg zum Thron. Als sie davor stand, war es, als würde die herabgestiegene Shakti, die alles Böse in ihren weiblichen Schoß aufnimmt und das Blut der Dämonen aufsaugt und dabei lieblich lächelnd vom Triumph der Weiblichkeit kündigt, selbst dastehen und sprechen:

»Königin, du und ich, wir sind Frauen, keine Fahnen im Wind wie so manche Männer, die ihre Meinung ständig ändern. Wir sind nicht auf Vorteil bedacht wie geschickte Krieger, und wollen kein Blutvergießen. Wir flackern auch nicht stolz wie ein Feuer im Sturm, das bald schon erlischt, noch kriechen wir hinweg vor Gefahren wie der Wurm. Wir sind nicht wie die gelehrten Denker, die wie Hasen vor den Verfolgern Haken schlagen. Wir sind Frauen, wir können wie Savitri den Tod besiegen, weil wir den Mut dazu haben. Und doch bleiben wir verschwiegen. Ich sage euch, Hingabe ist unser Fundament, auf dem wir unser Leben aufbauen. Wir steuern nichts, sind keine Kapitäne, wir gewähren es der Schöpfung, aus uns zu gebären und einzig wir können die Welt ständig mit neuem Leben mehren. Die Treue zu unseren blinden Männern lehrt uns, sie nach ihrem Abgang aus diesem Leben wieder zu finden. Deshalb sind wir es, die die Geburt mit dem Tod verbinden!«

Während sie sprach, war es allen, als würde ein Beben durch die Halle hinaus über die ganze Stadt sich erstrecken.

Dann schrie sie wieder mit der dunklen wutentbrannten Stimme:

»Ich, eine Frau, werde Unrecht rächen
Überall auf Madurais Fluren und Flächen!
Ich allein werde die Gerechtigkeit schützen,
wie anders kann ich dem Leben nützen,
die Nachkommen bilden, die Toten ehren,
das Gute mehren, doch Übles zerstören?«

Von überall her ertönte ein entsetzter Aufschrei, als sie in ihre schöne rechte Brust die Nägel krallte und riss, bis das Blut floss. Und dann schlossen alle die Augen, Kannegi hatte sich die Brust ausgerissen. Agni, der Feuergott, öffnete seine Arme und ließ seine Flammen herabtanzen. Schon wütete eine Feuersbrunst über Madurai und färbte alles rot.

Irr, im Schmerzenswahn, lief mit blutbesprenkeltem Haar Kannegi durch die Flammen der Stadt zum Westtor. Selbst die Schutzheiligen von Madurai verschlossen die Augen vor so viel Leidenschaft und ließen das Feuer wüten.

»Agni, Gott des Feuers, verschone die Weisen und die Gerechten, die Kühe und die reinen Frauen. Rette Kinder und unschuldige Tiere, aber töte all die Rauen!«, sprach Kannegi in den heißen Wind hinein.

Die Gefängnistore öffneten sich, und die Unschuldigen kamen frei, die anderen jedoch, die ihre Strafe verdienten, wurden vom Feuer verschlungen.

Kannegi entkam dem lodernden Brennen und sank vor einem verlassenen Tempel der Göttin Durga weit außerhalb der Mauern nieder. Sie lag tagelang im Fiebertraum, der ihr die Geheimnisse des Karma offenbarte. Von weit her sprach Kali, die Herrin über Leben und Tod:

»Kannegi, dein Mann war in einem anderen Leben Bharata. Er diente in dem Heer eines tapferen Königs. Gerecht wollte er handeln, hatte immer nur die Verteidigung des Reichs im Sinn und wollte keine Angriffe lenken. Doch hielt er ungerechterweise einen Mann für einen Verräter und tötete diesen. Nili, die Frau dieses ermordeten Mannes, wanderte umher und tobte: ›Wo, Bharata, ist deine gepriesene Gerechtigkeit?‹ Außer sich vor Rage, erkletterte sie einen Felsen, und während sie sich hinunterstürzte, verfluchte sie Bharata:

»Wiedergeboren sollst Du werden und selbst erleben, was Du einem anderen hast angetan auf dieser Erden!«

Dieser Fluch hat Kowlams Schicksal bestimmt. Alles, was geschah, geschah, um Kowlam in einen ungerechten Tod zu führen. Ihr kamt eines Morgens durch das Osttor, nun muss der Leib zurück durch das Westtor ins Hüllenlose gehen!«

Als die Stimme zu Ende gesprochen hatte, verließ Kannegi ihren Körper. Kavunti war bei ihr. Sie legte ihr die Hände sanft auf die Stirn. Auch als Kannegi auf dem glänzenden, göttlichen Wagen am Himmel entlangfuhr und wieder mit Kowlam vereint war, blieb dieses ätherische Geschehen für die heilige Kavunti nur ein weiteres kunstvolles Trugbild. Ein Staubkorn im Morgenlicht der Sonne waren die eng umschlungenen Liebenden Kowlam und Kannegi.

»Ist die Bestimmung verwirkt,
erlöscht jede Wut und jeder Trieb!«,

waren die letzten Worte, die aus dem Mund der einsichtigen Weisen vernehmbar gewesen waren. Sie blieb daraufhin jahrelang ohne Nahrung aufzunehmen oder zu sprechen, lächelnd vor dem alten Tempel, weit draußen in der Einöde vor der niedergebrannten Stadt Madurai sitzend, in tiefer Versenkung in die Allmacht und betrat das Nirvana.

Verwundert

»Eine Welle wird Pukar überfluten«, warnten die Sterndeuter, als Kannegi und Kowlam sich in den himmlischen Gefilden wiedersahen. »Die Meeresgöttin wird ein Mädchen holen und euch noch eine Weile verschonen!«, verkündigte daraufhin das Orakel unter der goldenen Pagode eines Schreins der Shakti.

Madhavi stand vor den Toren und hörte die Verkündigung. Sie blickte ohne sich zu fürchten auf ihre kleine Tochter, die nach der Meeresgöttin Manimegelai benannt war. Sie hatte Vertrauen in die Macht des erleuchteten Buddhas gefunden.

Einige Jahre vergingen, ohne dass die Götter des Feuers, des Wassers oder des Windes ihr Antlitz zeigten. Noch schienen sie zu ruhen. Ilango, hoch oben in den Bergen, hatte in der Zwischenzeit seine Dichtung beendet. Mit zwei Bündeln aus fein beschriebenen Blättern kletterte er hinunter, um sie an den Hof seines Bruders, des derzeitigen Herrschers, zu bringen. Als er in seine heimatliche Burg gelangte, hörte er zu seinem Erstaunen, dass vierzehn Jahre vergangen waren. Die Geschichte vom Karma war im Schatten der Zeit entstanden. »Das hier Aufgeschriebene wird mein Leben noch lange überdauern«, sagte er zum König, seinem Bruder, der ihn freudig empfing. Mit Ehrgefühl nahm der Zeremonienmeister die Dichtung in Empfang und mit Windeseile verbreitete sich die Nachricht: Unser Dichter, der Herrscher über unsere Herzen, ist zurückgekehrt. Auch im fernen Pukar vernahm die edle Kurtisane Madhavi die Neuigkeiten. Noch konnte sie nicht ahnen, dass seine Dichtung ihr gewidmet war.

Ilangos Mutter, die einstige Königin, und sein Vater, der einst König war, lebten nach den Bestimmungen der Schriften, in denen geschrieben steht, dass Herrscher rechtzeitig abdanken und sich zurückziehen müssen. So lebten sie weit draußen in den Wäldern in einer einfachen Einsiedelei. Mit Glückstränen in den Augen blickten sie auf ihren Sohn und erzählten ihm von den Voraussagen der Sterndeuter über Pukar und dem Orakelspruch, der anschließend verkündet worden war.

Ilango war ein Weiser geworden. Er verlangte danach, dass sich seine Vorstellungen bewahrheiteten. Glich jenes Pukar, welches er beschrieben hatte, dem Pukar, das vom Meer verschluckt werden soll? Und wie lebte Madhavi dort? Ohne lange zu zögern, machte er sich bald nach seiner Rückkehr aus den Bergen in der königlichen Kutsche auf, um Madhavi und ihre Tochter in Pukar zu besuchen.

Er war drei Tage ins Land gefahren, als vor ihm in menschenleerer Gegend ein merkwürdig anmutender, runder Lehmbau auftauchte. »Dieser Bau muss neu entstanden sein, denn er zeigt nicht die geringste Spur des Verfalls«, dachte er und befahl dem Kutscher anzuhalten. Durch ein niedriges Tor gelangte der Prinz in das Innere des Doms. Überwältigt erblickte er die aus Stein gehauene Statue einer jungen Frau mit einem Fußamulett in der Hand und las eine Inschrift: Kannegi, der reine Juwel des Tamillandes. Der Dichter war verblüfft, er befand sich im Tempel seiner Kannegi. Die Überlebenden aus Madurai dankten Kannegi hier. Hatte sie nicht dem Feuergott befohlen, sie zu retten? Und Frauen von überall her verehrten Kannegi als die tapfere Kämpferin, die treu die ihren rächt und kein Unrecht duldet. Sie glaubten, dass die Gerechtigkeitsgöttin sich in der Gestalt der Kannegi inkarniert hatte. Eine verhüllte Frau schmückte den Altar, auf dem die liebliche Skulptur thronte, mit frischen Blumen. Ilango blickte gebannt auf seine eigene, in Stein gehauene Romangestalt. Er sank andächtig zum Gebet nieder. Da spürte er einen merkwürdigen Blick auf sich gerichtet, sah auf und erblickte ein Kind, das an die Wand gelehnt war. Es wich seinem Blick aus und sah auf die Frau, die Blüten streute. Plötzlich begann es mit der Stimme einer erwachsenen Frau laut zu sprechen: »O weh, weh mir!«, war mit überirdischem Klang zu vernehmen. Ilango erschauerte: »Es ist die Stimme der Kannegi, welche das kleine Mädchen als seine Sprecherin ersehen hat. Kannegi will sich in der Welt der Lebenden ausdrücken!« Und er hörte gebannt zu, als das Kind ganz laut rief: »Weh mir, ich habe Madurai niedergebrannt und so viele Lebewesen in den Tod geführt, doch die Menschen verehren mich als Retterin der Gerechtigkeit!« Da geschah das Erstaunliche, das Ilango erzittern ließ. Eine göttliche Stimme antwortete, und während ein reines Licht den Schrein durchflutete, wurde Goldstaub in der Luft sichtbar: »Kannegi, beruhige dich, das Karma hat deine Hand benutzt und du hast ausgeführt, was geschehen musste. Der Untergang Madurais war längst bestimmt.« Daraufhin war alles wieder still und verdunkelte sich.

Die Frau mit den Blumen war Tevanti. Sie drehte sich zu Ilango hin. Er blickte in das markante Antlitz einer schwermütig wirkenden Frau. Sie sagte: »Ich komme aus Pukar und gehe dorthin zurück. Ich bin Tevanti, die Schwägerin von Kannegi. Fremder, komm mit mir und folge mir dorthin zurück, wo alles begann«, und blickte dabei auf die Statue.

Das Kind war plötzlich verschwunden. Ergriffen von den Vorgängen ordnete sich Ilango mit seinem Gespann hinter die Kutsche von Tevanti ein. Wie merkwürdig, er hatte diese Kutsche vorher gar nicht gesehen. Träumte er dies alles?

Das, was der Wirklichkeit Magie verleiht, ist die vorausgegangene Vorstellung. Der Palast von Madhavi lag vor ihm, genau so, wie er ihn sich in den Höhen seiner Einsamkeit ausgemalt hatte. Gerade hatte der Sommer seinen Höhepunkt erreicht, und die Blüten schienen ihre Kelche in Demut zu senken. Vasantamala erschien und führte Ilango zusammen mit Tevanti über die Dachterrasse zu einer weiteren Treppe. Dort gelangten sie in einen Turm, der weit in den Himmel ragte. Hier waren die viel gepriesenen Sommergemächer des Palastes der Kurtisanen. Welch ein Anblick für den Wortmaler! Im Westen unter ihm lag friedlich Pukar mit seinen Häusern und Gärten, und vor ihm im Osten blickte er auf die Unendlichkeit des Meeresstrandes. In den offenen Räumen blühten vielerlei Blumen.

Madhavi kam mit der Leichtigkeit einer Brise auf den Prinzen zu. Kaum dass ihre Füße den Boden berührten, noch dass ihr Körper von irgendeiner Schwere belastet schien. Ihre safranfarbene, schlichte Gewandung umgab den schlanken Leib mit einem goldenen Schein. Sie trug keinerlei Schmuck, ihr langes, nachtschwarzes Haar war offen und wurde an den Haarspitzen von einer gelben

Blüte zusammengehalten. Als ihre Hand den Prinzen zum Sitzen aufforderte, blitzte nur ein Goldring an einem Finger ihrer einst so reich mit Schmuckstücken beladenen Gestalt.

Ilango liebte sie. Andächtig sah er in ihr vom Beten und Fasten geprägtes Gesicht, das immer noch die Schönheit einer Tänzerin preisgab. Madhavi hatte die Gelübde der Nonnen abgelegt. Sie diente Buddha dem Erleuchteten und war von überirdischem Glanz umgeben. Der Prinz blickte ohne Scheu in ihre Augen. Madhavi war herrlich anzusehen, noch schöner, als er sie in Erinnerung behalten oder sich immer wieder ausgemalt hatte. Sie setzte sich auf einem niedrigen hölzernen Podest nieder, die Sutren des Erleuchteten lagen neben ihr. Sie bat ihn und auch Tevanti, Platz zu nehmen.

Sie schwiegen. Die beiden Gäste, die beiden Gastgeberinnen und die roten Passionsblüten, die mit dem gelben Kreuz und dem Kranz aus zarten lilafarbenen Blütenblättern in einem wassergefüllten Gefäß auf dem Boden zwischen ihnen standen, waren gleichermaßen stumm. Still überreichte Ilango Madhavi seine Dichtung auf Palmblättern. Er hatte zwei Originale angefertigt, eines für den Hof und eines für Madhavi. Er legte ihr damit seine Verehrung zu Füßen. Sie nahm die Dichtung, als würde sie ihr Leben aus seiner Hand neu empfangen. Ein wundervoller Bann umgab die wortlos Sitzenden, versiegelte die Umgebung und legte sich wie ein leuchtendes Gewand auf die Anwesenden nieder. Madhavi lächelte den Prinzen an. Es war nicht die Liebe des Pfeilgottes Kama, der die nie enden wollende Begierde anstachelt, sondern die Liebe des göttlichen Barmherzigen, des Buddha, der die Hingabe in den Wesen weckt, die nun den Dichter und seine Traumfrau mit unsichtbaren Schnüren verband.

Daraufhin bediente Vasantamala sie mit Früchten. Tevanti erzählte, wie sie damals Kowlam und Kannegi hatte fortgehen sehen. Und wie alsbald der Buddha in ihr Herz eingezogen sei. Seitdem folgte sie dem Lehrer der goldenen Sutren.

Und wieder erfüllte die Stille sich selbst. Fünf Lehren erschienen den Schweigenden wichtig. Für Tevanti war das erste Gebot, keine Tiere zu töten und jedes Blutvergießen zu verhindern. Als zweites wollte sie ohne Belohnung fürsorglich an andere geben und keine Erwartungen mit den Gaben verknüpfen. Drittens musste sie den Leidenden beistehen, die Sterbenden schützen und die Toten ehren. Das vierte Gebot, nämlich Hilfe bei den Weisen zu suchen, war ihr heilig. Als fünftes wollte sie die Lehre befolgen, welche vorschrieb, sich von den Ungläubigen und den Pessimisten fernzuhalten.

Auch Madhavi hatte sich fünf Gebote des Erleuchteten ausgewählt:

Erstens wollte sie auf das Gute in den anderen blicken. Dazu auf Freundschaften mit solchen verzichten, die nichts Gutes beabsichtigten. Weiter wollte sie niemals schlecht über andere sprechen. Als viertes Gebot machte sie sich zu eigen, niemals anderen schaden zu wollen. Die letzte der ihr wichtig erscheinenden Lehren war, sich vor der eigenen Unwahrheit in Acht zu nehmen und immer wieder zu prüfen, wann und ob sie sich nicht selbst belüge.

Der Prinz hatte sich folgende Gebote zu eigen gemacht:

Er wollte das Dharma erkennen und die Wirkungen des Karma studieren. Zweitens wollte er sich keinen schlechten Gewohnheiten hingeben. Auch wollte er niemals den Besitz oder die Position eines anderen Mannes begehren, dazu sich davor bewahren, schlechtes Karma anzuhäufen und sich bemühen, gutes Karma zu erwirken. Und fünftens verlangte er danach, die Vergänglichkeit aller Dinge im Bewusstsein zu tragen, denn der Körper verwelkt und ist keine permanente Wohnung für die unsterbliche Seele.

Der Prinz ergriff, nach dem er lange und ohne etwas zu sagen Madhavi angesehen hatte, das Wort: »Erhabene Madhavi, Ihr habt mein Leben bewegt. Wir können nicht darüber verfügen, wie lange wir auf der Erde verweilen, aber dass unsere Wege sich wieder treffen, das habe ich mir gewünscht. Ich bin gekommen, Euch meine Ehrerbietung darzubringen. Ich bin dankbar, im Licht Eurer Schönheit zu stehen. Sie macht mir die Bedeutung der Zeit nichtig, denn aus Euch strahlt ein unvergängliches Licht. Von Euch wird jeder Mann angezogen bleiben. Alter kann Euch nichts anhaben, denn Euer inneres Leuchten bleibt unberührt von der Vergänglichkeit.«

Nach einem Lächeln aus den Augen der Tänzerin fuhr er fort: »Meine sterbliche Hülle ist eine weitere Illusion im Leben. Oh, dieser Moment der Erkenntnis vor Euch ist reine Glückseligkeit. Nur das Vergängliche zu sehen ist das Leiden, in dem wir gefangen waren.«

Auch Madhavi fühlte sich mit Ilango auf geheimnisvolle Weise verbunden. Sein verlangender Blick erschreckte sie, und doch erweckte er in ihr die Lust auf Ewigkeit – nach einer Wonne, die über das Drängen der Sinne hinausging. In diesem Moment wurden Dichter und seine Dichtung, wie der Speisende und die Speise, eins. Madhavi und der Prinz sanken in eine Andacht. Tevanti entfernte sich leise hinter Vasantamala. Der Abend breitete sich aus, und als das Dunkel alles umfing, waren sie vereinigt in Ananda, der körperlosen Glückseligkeit. Über den Türmen hoch oben in Pukar waren sie für die Götter nichts anderes als die Untrennbarkeit von Vision und Wirklichkeit oder von Illusion und Wahrheit.

Silbernes
Licht glänzte, als rund und voll der Mond über den Gärten der Stadt stand. Mit großen Augen blickten die Blüten in die Schwärze. Waren sie Götter, die überlegten, ob sie in der Welt bleiben oder hinauf in die Ewigkeit steigen wollten?

Der Prinz und die berühmte Kurtisane befanden sich die ganze Nacht im Zustand der Einheit.

Unter den Räumen, in denen das Paar die Nacht verbrachte, schlief Manimegelai. Unter den magischen Strahlen, die von dem fernen Himmelskörper aus durch die weiten Fenster auf sie fielen, wälzte sie sich unruhig hin und her. Das junge Mädchen wirkte, als würde sie nicht zu dieser Welt gehören, engelhaft. Die fantasievollen Schwingen ihres ersten Verliebtseins trugen sie auf und nieder in ihren Träumen. Selbst der Mond schien sich in sie vernarrt zu haben, so intensiv lag sein Licht auf ihr. Es war, als würden sogar die Bäume sich niederbeugen und Blüten auf ihre außergewöhnliche Schönheit streuen.

Prinz Ursi fühlte auch in dieser Nacht die Liebe für Manimegelai als tödlichen Pfeil, der sein Herz durchbohrte. Ihr Geheimnis beunruhigte ihn und zwang ihn, Manimegelai derart hartnäckig zu verfolgen, dass er selbst in ihre Träume eindringen konnte. In dieser Nacht streckte er sehnsuchtsvoll seine Arme nach Manimegelai aus, während diese sich im Schlaf hin und her drehte. Schwermütig und voller Verlangen brannte auch das Bild von Prinz Ursi in ihr. Er wollte sie besitzen, weil er sich derart nach ihr verzehrte, wie noch kein Mann sich jemals nach einer Frau verzehrt hatte.

Mit der Morgenröte
und dem Vogelgezwitscher kehrt für die meisten Lebewesen das Tagbewusstsein wieder. Madhavi und der Prinz erhoben sich sanft aus ihrer Trance.

Manimegelai erwachte aus der Schwere der nächtlichen Schau, der Tag war ihre Rettung vor der dunklen Leidenschaft, die Prinz Ursi in ihr bewirkt hatte. Sie trat im Morgentau mit federnden Schritten hinaus in den Garten und sah ihre Mutter neben einem Fremden. Sie wunderte sich darüber, wie beseelt ihre Mutter aussah.

»Es ist der berühmte Dichter, der neben ihr geht«, flüsterte Rati, ihre Gespielin, »er hat sein Leben lang über deine Mutter geschrieben!« »Das ist Kannegis Tochter«, stellte Madhavi bescheiden ihr eigenes Kind vor. Sie zeigte llango damit, wie sie ihrer Rivalin den ersten Platz neben Kowlam zugestand und nicht einmal ihre Tochter für sich beanspruchte.

Manimegelai begrüßte Ilango ehrfürchtig. Wie schön er war. Sein Gesicht war jung, ohne Makel. Die bronzene Haut spannte sich über den Wangenknochen, die

Augen leuchteten, sein Mund war weich und seine Nase fein und gerade. Das zurückgekämmte rabenschwarze Haar war an den Spitzen gelockt. Als der Prinz in Manimegelais Augen blickte, offenbarte sich ihm eine neue Geschichte. Noch am selben Tag begann er zu schreiben:

»Unbekümmert läuft Manimegelai fort in die Gärten. Doch in ihrer Brust pocht ihr Herz, und Prinz Ursis Antlitz begleitet sie fortwährend. Ihre kleinen runden Brüste sind mit einem roten, locker über die rechte Schulter geworfenen Tuch bedeckt. In der Körpermitte hält ein goldenes Band es an ihrem Leib fest. Die linke Schulter ist nackt. Sie trägt einen perlenverzierten Rock.«

»Rati«, rief Manimegelai ungeachtet der Gedanken, die ein Dichter sich über Manimegelai machte, durchs Haus, »lass uns aufbrechen!« Bald darauf machten sie sich auf zu der kristallenen Kuppel.

Es war kurz vor Mittag, als die Mädchen durch die blühenden Zweige den großen Park um die kristallene Kuppel betraten. Manimegelai spürte eine Erregung in der Luft. Sie konnte nicht ahnen, dass aus den üppig blühenden Büschen Ursi mit wilder Begierde auf sie starrte.

Schlaflos aus Liebesverlangen nach Manimegelai war Ursi umhergeirrt und in die Straße der einfachen Kurtisanen gelangt. In einem Innenhof, in dem viele Schönheiten sich versammelt hatten, erblickte er seine Favoritin. Sie lachte ihm zu und bedeutete ihm, ihr in einen kleinen abgeteilten Raum zu folgen. Durch Rauchschwaden von Sambrani hindurch erblickte er mit glitzernden Diamanten geschmückte nackte Frauen auf Kanapees liegend. Ihre unterschiedlichen Rundungen waren wie Landschaften. Seine Auserwählte wog ihre Hüften aus den Schleiern. Sie zog ihn an den Händen hinter einen Wandschirm und legte sich auf ein hohes Bett, so dass ihre muschelförmige Vulva dem Prinzen zugewandt war. Er aber war unentschlossen und ergriff schließlich die Flucht. Nein, er suchte nicht die Lust, seine Gedanken waren an Manimegelai festgebunden.

Er begann durch die Stadt zu irren, um beim Morgengrauen seinen Körper in einem See inmitten des Parks zu kühlen. Es half nicht! »Manimegelai muss kommen, nur sie kann mein Feuer löschen und mich von meiner Besessenheit heilen!«

Und er sah sie wie eine umherwehende Blüte durch den Park wandeln und verfolgte sie heimlich. Sie bettete sich mit Rati zusammen auf eine große Schaukel und ahnte nicht, dass der Prinz ihrem Gespräch lauschte:

»Ach, Rati, warum denke ich fortwährend an Prinz Ursi?«

Ihre dunklen Augen funkelten. Rati schaukelte die Freundin und bemalte mit Hennapaste aus ihrem Beutel ihre kleinen Füße, um sie zu kühlen.

»Oh, wie verliebt er in dich ist! Er gehört dir längst.«

Der Prinz zitterte am ganzen Leib. Er wartete, bis die Jungfrauen, von den Düften des Champakbaumes benebelt, die Augen schlossen und sich dem Schwingen der Schaukel hingaben. Dann stürmte er auf sie zu. Noch bevor er Manimegelais Hand ergreifen konnte, war sie mit Rati elfengleich durch den Park entkommen. Der Prinz hastete hinter ihnen her bis zum kristallenen Palast, in dem die Mädchen sich versteckten. Auf dem Glas gaben die Sonnenstrahlen die Farben des Regenbogens wieder und offenbarten verzückte Illusionen. Wo war Ursi? Er sah sich selbst. War er nur ein Spiegelbild? Wo war die Tür zu seiner Liebe? Er sah Manimegelai, aber war sie außerhalb oder innerhalb dieser Visionen? Tränen rannen über ihr Gesicht. Sie weinte, als sie durch das Glas auf ihn blickte, denn sie war überwältigt, so begehrt zu werden.

»Ich würde mich ihm ja hingeben, es gibt ein Band zwischen uns, doch ...«

Noch während sie so dachte, fiel sie in Ohnmacht. Da erhob sich eine Meeresbrise aus dem türkisblauen Meer wie ein zärtlicher Kuss und nahm Manimegelai mit sich fort. Aus dem Schaum der Wellen war die Meeresgöttin entstiegen, war mit einem Lufthauch gekommen, hatte die liebliche Manimegelai, die nach ihr, der Göttlichen benannt war, fortgetragen und war doch – gleich einer Einbildung, aus der Mittagshitze entstanden – nichts als eine Illusion. Doch war der Traum wahr, denn Rati saß auf einmal allein in der gläsernen Pagode. Manimegelai war tatsächlich verschwunden. Ursi wurde fast wahnsinnig, denn er glaubte, es sei alles ein Trugbild und suchte nach einer Öffnung, um in den kristallenen Palast zu gelangen. Er fiel vor der gläsernen Spiegelung nieder und jammerte, als würde er unter unbekannter Folter leiden:

»Wo ist sie, welche Magie hat sie vor meinen Augen entführt?« Erschöpft brach er zusammen.

Rati kam heraus. Sie ängstigte sich, dass die Entführung ein Wahn war. Da vernahmen die Zurückgebliebenen aus den kristallenen Wänden eine leise, weibliche Stimme:

»Neun Tage wird sie verschwunden bleiben. Sorge dich nicht, sie wird mit erstaunlichen Gaben zurückkehren.«

Rati nahm Prinz Ursi bei der Hand. Sie gingen wie verwunderte Kinder von dannen, wussten nicht, ob es Traum oder Wirklichkeit war, was sie erlebten. Sie schienen aus dem Schatten der Zeit getreten zu sein.

Schwebte Manimegelai, als sie den Gefilden des transparenten Himmels entkommen war, oder ging sie über den Strand einer einsamen Insel? Das Meer spülte Wellen aus seiner lichtblauen Ruhe auf den weißen Sand. Es gab keine Spuren menschlichen Lebens. Die Bäume standen, als wären sie ein Gemälde, und die Blüten glitzerten. Sie leuchteten so rein und schienen nicht dem Verfall unterworfen zu sein. Sie waren wie reines Gold. Nichts war welk, alles war frisch und wie neugeboren. Auch die Bienen waren ruhig und nicht emsig damit beschäftigt, den Nektar zu saugen.

Manimegelai war ohne Angst und ohne Sehnsucht. Völlig unerschrocken blickte sie auf dieses Paradies. Sie hatte weder Durst noch Hunger. Ihr Körper war ohne Gewicht. Sie streifte durch die unbekannte Gegend, als würden ihre Füße den Boden nicht berühren. Es war ihr, als hätte sie Flügel auf dem Rücken.

Sie blieb, wie von unsichtbarer Hand geleitet, vor einem steinernen Thron stehen. Wie gemeißelt von Künstlerhand erblickte sie im Stein Fußspuren, die mit dem Lotos versehen waren. »Es sind die Füße des Buddhas, die solche Abdrücke hinterlassen.« Fassungslos sah das junge Mädchen neben sich, über sich, nein, letztlich in sich selbst die Erleuchtung golden scheinen. Doch welch Wunder, es offenbarte sich Manimegelai noch mehr. Sie sah das Leben als unendliche Kette von wiederkehrenden Geburten, sah all ihre vorhergegangenen Leben. Jedes Mal war dasselbe geschehen: Prinz Ursi war in all den anderen Zeiten ihr Geliebter gewesen. Alles wiederholt sich ewiglich. Wie unbedeutend und klein war das Schicksal ihrer jetzigen Liebe in Anbetracht des Karmas, das sich in all den vielen vorherigen Daseinsformen für sie und ihn herangebildet hatte. Manimegelai streifte durch sämtliche Vergangenheiten und saß dabei still vor dem Thron, bis die Nacht sie umhüllte. Die Strahlen des silbernen Mondes streichelten verliebt den Ozean. Ruhig und rund durchleuchtete er mit seiner abschwellenden Kraft das aufbrausende Getöse, das aus dem tiefen Bauch seiner Geliebten, dem Meer, hervortobte. Allmählich spiegelte sich auf dem flüssigen Körper des Ozeans eine breite Gasse. Ein Lichtweg, den die ausgewählte heilige Manimegelai entlanggehen konnte. Sie ging über dem Wasser dahin im Zustand von Ananda und berührte die Unendlichkeit. Doch war auch diese Nacht und all ihr Geschehen eine einzigartige Widerspiegelung des allmächtigen Sonnenlichts.

Manimegelai hielt eine Schale aus Perlmutt vor ihrem Schoß, als die Sonne sich am Morgen in heller Klarsicht zeigte. Sie war mit den köstlichsten Speisen gefüllt.

»Manimegelai, du hast die Gabe erhalten, die Gier, die als schwere Krankheit in der Welt haust, zu bekämpfen. Jedem, dem aus dieser Schale Nahrung gegeben wird, der sei geheilt von ihr. Die Schale wird nie leer werden.

Wie die empfangsbereite Höhle in deinem Inneren kennt sie das Leben spendende Geheimnis.«

Kaum hatte Manimegelai dies vernommen, fand sie sich auch schon im Kristallpalast wieder. Es waren neun Tage in Pukar vergangen. Als wäre zwischenzeitlich nichts geschehen, so unbedarft begab sie sich auf den Weg zurück zu ihrem Haus. Doch hielt sie eine Schale in der Hand. Als ihr eine hungernde Mutter begegnete, deren Mann vor Kurzem gestorben war und deren Kinder weinten, speiste sie diese aus der Schale, und siehe da, welch Wunder, so viel sie auch gab, die Schale blieb gleich voll.

Begeistert versammelten sich die Bewohner von Pukar vor Madhavis Haus. Die Nachricht von Manimegelais spektakulärem Verschwinden und ihrer Rückkehr mit der magischen Schale hatte sich verbreitet. Nachdem Manimegelai geboren war, hatte Madhavi das glanzvolle Leben als Tänzerin nicht wieder aufgenommen. Sie hatte ihre Tage in Andacht und mit der Ausbildung und Erziehung ihrer wundersamen Tochter Manimegelai verbracht. In Pukar sehnten sich die Bewohner danach, Madhavi noch einmal tanzen zu sehen. Sie verglichen alle anderen Tänzerinnen mit Madhavi. Gemessen an ihrer Grazie und

Kunstfertigkeit konnte keine andere neben ihr bestehen. Doch sie war ihrem Entschluss, nie mehr zu tanzen, treu geblieben. Weil ihre Tochter aber von solcher Anmut war, setzte das Volk auf das Tanzdebüt der Vierzehnjährigen. Seine Erwartungen in Manimegelai waren hoch. Und jetzt war auch noch ein Wunder mit der Kleinen geschehen.

Die Menge vor Madhavis Palast war erschreckend groß, und Manimegelai flüchtete mit der Schale aus dem Hintereingang. Sie stieg in ein Boot, das sie zum Armenhaus brachte, welches ihr Vater Kowlam für Pukar einst hatte bauen lassen, um die Liebe ihrer Mutter zu gewinnen. Manimegelai speiste dort die Bedürftigen. Sie besuchte auch die Kranken und war deren Licht. Dann ging sie in das königliche Gefängnis. Beladen durch das Karma eines anderen Lebens waren die Armen dort zu Dieben geworden und zur Gefangenschaft in dunklen Verliesen verurteilt. Manimegelai speiste die angeketteten Männer und Frauen liebevoll und sprach zu den Wärtern: »Verwandelt die Gefängnisse in eine Stätte der Seligsprechung und lasst uns diese Leidenden von der Gier heilen. Sprecht sie frei, nachdem ich sie gespeist habe.«

Als der König von den Wächtern hörte, was sich in seinem Rcich zutrug, rief er Manimegelai zu sich. Und siehe da, auch der König wurde gewandelt. Er öffnete die Gefängnisse. Es ging das Feuer der Aufruhr durch das Land, als die Befreiung begann.

Prinz Ursi aber litt weiter an einem Liebesfieber, das ihn an eine unermessliche Leidenschaft kettete. Manimegelai sprach zu Ursi, der sich ihr zu Füßen warf:

»Gib dein Verlangen nach meinem Körper auf, denn er ist ohne Dauer und nur ein Trugbild. Sieh diese alte Frau dort stehen, wie gerunzelt die Stirn, die einst glatt und rund war, wie weiß das einst schwarze Haar. Faltig wie eine ausgedorrte Kiefer die einst runden Schenkel. Was ist der Körper schon, seine Ausdünstungen lassen sich nicht mit Sandelholzpaste verdecken.«

Aber Prinz Ursi konnte durch nichts überzeugt werden. Er wollte Manimegelai für sich besitzen und ihre Fürsorglichkeit für sich allein beanspruchen. Manimegelai musste vor ihm fliehen, um ihren Auftrag weiter ausführen zu können. Ein weiser Guru warnte Prinz Ursi: »Begehre nicht eine, die dem Weltlichen entsagt hat.«

Doch keinen Rat wollte er befolgen und voller Verzweiflung ging er zu Chitrapati, der Großmutter von Manimegelai. Er traf auf offene Ohren, denn die alte Kurtisane war ungehalten über die Enkelin: »Wie sie ihr Dharma als Tänzerin verletzt und unseren hohen Kurtisanenstand entwürdigt hat, wie sie mit einer Schale umherzieht, Bettelnde speist und Revolten verursacht! Schon ihre Mutter hat dem Tanz entsagt und Leid über unser Haus gebracht.« Sie dachte weiter: »Wenn Prinz Ursi Manimegelai für sich gewinnt, wird sie wieder tanzen und unserem Haus den Wohlstand und den Fortgang sichern.« Deshalb verriet sie dem Prinzen, wo Manimegelai in der folgenden Nacht sein würde.

Ausgeleuchtet vom sanften Brennen der Öllämpchen empfing der Säulenkorridor der heiligen Halle alle Ankommenden mit mütterlicher Wärme. Die steinernen Statuen wirkten mit runden hochstehenden Brüsten und schmalen Taillen, die einen Gegensatz zu den ausladenden Hüften bildeten, wie wirkliche Frauen. Als Manimegelai von der Ankunft des Prinzen hörte, entledigte sie sich ihrer Kleider und gesellte sich in die lange Reihe der Skulpturen. Prinz Ursi konnte sie nicht erkennen. Er ahnte ihre Nähe, lief die Gänge entlang, betrachtete die vollkommenen Skulpturen. Sein Blick weilte auf der still stehenden Manimegelai, und er sagte sich: Selbst die Steine gleichen ihr, und ich sehe sie überall und finde sie nirgends. Manimegelai erkannte, dass Ursi nicht aufgeben und sie die ganze Nacht suchen würde. Um die Speisung für dic Bcdürftigen fortzusetzen, nahm sie die Kleider und das Verhalten von Umanai, der Frau des königlichen Wächters, an, verwandelte sich ganz in diese. Die Frau des Wächters floh in dem Gewand und mit der

Gestalt Manimegelais. Manimegelai nahm in der Rolle der Wächterfrau Umanai ihre Aufgabe auf und speiste die Wartenden aus der Schale. Als der Prinz Umanai erblickte, konnte er jedoch nicht getäuscht werden: »Das ist Manimegelai, sie tarnt sich vor mir!« Das Ausmaß seiner Liebe war außerordentlich. Er näherte sich ihr mit seiner Liebeswerbung.

Mittlerweile kam dem königlichen Wächter zu Ohren, dass der Prinz dort drinnen seiner Frau Umanai nachstellte. Wutentbrannt ging er in die Halle und beobachtete, wie der Prinz die vermeintliche Umanai umgarnte. Übermannt von Eifersucht schlug er dem Prinzen mit dem Schwert den Kopf ab. Blut floss in der Halle! Es entstand ein Tumult! Der Wächter und Manimegelai, die noch in der Gestalt der Umanai war, wurden sogleich verhaftet und in das königliche Verlies geschleppt.

Blutleer

war das Gesicht von Chitrapati, als sie von dem Unheil erfuhr. Sie hatte Prinz Ursi verraten, wo er Manimegelai treffen konnte, und nun war er tot, Manimegelai aber lag eingesperrt im dunklen Verlies. Chitrapati zog vor den König und forderte Manimegelais Freilassung. »Sie kann nichts für die Wut deines Wächters. Er war es, der dem Wahn unterlag und seine Frau verkannte.« Doch die Königin, die Mutter des Prinzen Ursi war untröstlich über den Verlust und blickte hasserfüllt auf Chitrapati. Und die Königin forderte, das Manimegelai unter ihre Aufsicht gestellt wurde. Sie ließ sie auspeitschen, bis sie in der Gestalt der Manimegelai vor ihr stand. Doch war ihre Haut unberührt von der Folter.

Der König war überzeugt, dass allein die falsche Tat und ihre Folgen den Wächter für den Rest seines Lebens verfolgen würden, entließ diesen aus der Haft und schickte ihn in die Verbannung in den Dschungel.

Die Königin aber ertrug die Wahrheit nicht. Sie wollte sich an Manimegelai rächen. »Ich werde sie quälen und in den Wahnsinn treiben, so dass die Bürger Pukars über sie lachen und sie verstoßen werden«, sagte sich die verzweifelte Königin, sperrte Manimegelai ein und gab ihr nichts zu trinken. Sie bot ihr Früchte an, die giftige Drogen enthielten. Sie wollte beweisen, dass Manimegelai die Männer verzauberte.

»Nein, sie ist keine Tugendreine, sie hat meinen Sohn verhext!«, sagte sie zu ihrer Zofe, die Mitleid mit Manimegelai hatte. Aber was immer sie tat, Manimegelai blieb unversehrt, bis die Königin die Kraft eines überirdischen Wesens in Manimegelai zu fürchten begann. Manimegelai sprach:

»Königin, in deinem eigenen Leid gefangen, höre von dem Karma deines Sohnes, den du vorgibst zu kennen und zu lieben. Ich war die Frau deines Sohnes in vielen anderen Geburten. Wo bist du, seine Mutter, ihm hingefolgt, als er von der giftigen Kobra gebissen wurde und starb? Damals bin ich in das Feuer gegangen, in dem sein lebloser Körper verbrannt wurde. Und wo warst du, als er in einer anderen Geburt aus Wut einen Koch erschlagen hatte, nur weil dieser sich verspätet und dann vor Aufregung einen Topf zerbrochen hatte? Jetzt hat sich das Karma erfüllt. Was er dem Koch angetan hat, ist ihm selbst geschehen. Deshalb wurde er diesmal auf ungerechte Weise erschlagen und seine einstige Tat ist gesühnt.«

Die königliche Mutter hatte in der folgenden Nacht einen Traum. Sie sah, wie ihr Sohn seine Hände nach Manimegelai ausstreckte und wie diese ihn lächelnd aus der magischen Schale speiste. Die Königin wurde von ihrem Hass befreit und erkannte, das Manimegelai unschuldig war. Am nächsten Morgen nahm sie von den Speisen aus der Schale und wurde besänftigt.

»Sieh«, wurde die Königin von jungen Weisen belehrt, »der Wächter hat Prinz Ursi erschlagen, nun irrt er durch die Einsamkeit der Wälder. Die Erinnerung an seine falsche Tat und seinen grundlosen Zorn, der einen Unschuldigen das Leben gekostet hat, wird ihn in den Wahnsinn treiben. Elendig, ohne Nahrung aufgenommen zu haben, wird er verenden. Und er wird neugeboren werden, sein schlechtes Karma wird erloschen sein. Auch dein Sohn, Prinz Ursi, wird ohne Karma wiedergeboren. Dann werden wir alle wieder verbunden sein. Der Tod ist nur eine Fuge zwischen den vielen verschiedenen Leben.«

Epilog von der Erfülltheit

Manimegelai erschien wie eine Königin vor dem Palast. Sie speiste sofort die Wartenden aus der Schale. Erfüllt von der Speise wurden die fünf gefürchteten Begierden aus deren Herzen ausgelöscht:

Als Erstes erlosch die Lust, immer wieder neue Dinge erobern zu müssen und sich in Abenteuer zu verstricken. Daraufhin entlarvten sich der Hass und die grundlose Wut, die aus Illusion und Habgier geboren sind, als von Wahn geleitete Taten. Es war genau jene blinde Wut gewesen, die den Wächter bewegt hatte, den jungen Prinzen Ursi zu erschlagen. Die Bewohner Pukars trauerten mit Manimegelai um seinen ungerechten Tod und schworen solcher Wut ab. Dann versiegte das Verlangen nach Rauschmitteln, denn alle fühlten sich von der Speisung erfüllt und fürchteten Halluzinationen und Irrsinn. Und auch die vierte üble Begierde der Menschen, nämlich, sich zu verstellen und die Wahrheit zu verschleiern, wich mit der neuen Zuversicht, die Manimegelai den Bürgern gab. Zuletzt verloren die Menschen den Zwang, sich Dinge anzuhäufen, die sie gar nicht brauchten und die ihnen nicht zustanden.

Friede und Glück breitete sich in Pukar aus, solange die Heilige unter dem Volk weilte. Und während ihrer Lebensspanne blieb die Meeresgöttin angemessen ruhig, lächelte und verschonte die Stadt noch eine Weile vor den Wellen des Meeres. Die Fischer verehrten Manimegelai als die Göttin der Meere und die Bauern als die Göttin der Fruchtbarkeit. Ihre Ausstrahlung als Friedensengel vereinigte die zerstrittenen Clans der Fürsten des Landes.

Die großen Gelehrten der fernen Länder erkannten Manimegelai als ihnen ebenbürtig an und nahmen sie auf in den Rat der Weisen. Manimegelai warnte die Gelehrten ihrer Zeit vor leeren Predigten und die Dichter vor Dichtung ohne Wirklichkeit:

»Ohne Mitgefühl bleibt jedes Schreiben und jedes Verkünden ein leerer Wahn!«

Manimegelai mit ihrer Schale war als Liebe und Barmherzigkeit inkarniert und die erste weibliche Heilige unter den Buddhisten. Jede ihrer Taten in Pukar schuf gutes Karma für die ganze Welt.

Wenn ihre zarten Füße am Abend verbrannt waren und schmerzten, dann setzte Rati sich neben Manimegelai. Sie gab die kühlende Hennapaste auf die Fußsohlen ihrer Gefährtin. Mit den rot umrandeten Füßen einer Tänzerin lief Manimegelai in die Welt und kündete vom Wunder der Befreiung.

Einst hatte ihre Ahnin die Grazie des Tanzes auf die Erde gebracht, Manimegelais mitfühlendes Herz brachte die Schönheit des Vergebens in die Welt und erfüllte das Dharma des Menschseins.

Glossar

Agni: die vedische Gottheit des Feuers.

Alte Schriften: Die alten Schriften (*Arthashastra, Dharmashastra, Kamasutra, Bramhasutra, Yogasutra* usw.) sprechen von den vier Lebensstufen der Menschen. Die erste ist die des Lernens und des Schülerdaseins, die zweite ist die Gründung eines Haushalts, also das Eheleben, das Aufziehen von Kindern und der Verdienst aus einem Beruf. Die dritte ist die des Reisens und sich Ablösens aus dem geselligen Haushaltsleben. Die vierte ist die der Einsiedelei.

Ananda: das Ziel vieler östlicher Religionen. Es bedeutet Glückseligkeit und Erleuchtung. Der Eintritt ins Paradies ist im Hier und Jetzt möglich und nicht erst nach dem leiblichen Tod.

Apsaras: Himmlische Wassernymphen, ap – Wasser, sara – bewegen, seit vedischen Zeiten auf der Erde und in Bäumen zu Hause. Im *Rigveda* spricht die Apsara Urvashi, in die sich ein Rishi, ein weiser Einsiedler verliebte: »Umarme mich dreimal am Tag, aber leg dich nie zu mir gegen meinen Willen und erscheine nie nackt vor mir.« Indra, der König der Götter, soll von Zeit zu Zeit der Legende nach Apsaras geschickt haben, die die Yogis verführen sollten, so dass diese mit ihren magischen Fähigkeiten ihm seinen Thron im Himmel nicht streitig machen konnten. Eine der Apsaras wurde für immer in die Welt verbannt und gilt als Urahnin des Clans der Tänzerinnen.

Ar si ac up sa: ein aus den ersten zwei Buchstaben der verschiedenen Yogaziele zusammengesetztes Fantasiewort.

Ayar: die Kaste bzw. Volksgruppe der Milchbauern, die zu der damaligen Zeit hohes Ansehen genossen. Sie betreuten die heiligen Kühe und kannten die Herstellung von Nahrungsmitteln und Medizin aus Milch.

Bann der Laute: Er beruht auf einer Geschichte, bei der ein Musiker sich in eine Tänzerin Indras verliebte und mitsamt der Laute aus dem himmlischen Paradies auf die Erde verbannt wurde.

Buddha: Religionsstifter, lebte im 6. Jahrhundert vor Christus. Er wurde als Prinz Siddharta geboren, gründete die große Weltreligion des Buddhismus und beeinflusste nachhaltig die gesamte Kultur Indiens und Asiens insgesamt.

Cannabis: eine in Indien heimische Pflanze, deren Blütenstände und auch Blätter als Rauschmittel und zur Herstellung von Haschisch oder auch Marihuana benutzt werden.

Cittrai: der erste Monat im Sonnenkalender des tamilischen Volkes (April-Mai).

Dasi: Dienerin. Devadasi bedeutet Dienerin der Devas (Götter). Devadasis sind Tänzerinnen im Tempel, die den Göttern bis zur Mitte des 20. Jahrhunderts in rituellem Tanz dienten und eine eigene Kaste bildeten.

Dharma: die Tätigkeit oder Lebensaufgabe eines Menschen entsprechend seiner Veranlagungen. Erkennt der Mensch sein Dharma und erfüllt es, besitzt er gutes Karma. Ist er seinem Dharma gegenüber ignorant, häuft er schlechtes Karma an, was ihn zu immer neuem Leiden führt, bis er sein Dharma gelernt hat.

Drei Welten: Die drei Welten sind laut der Hindumythologie die Unterwelt, die Welt, auf der wir leben, sowie der Himmel.

Drishti: der böse Blick. Die missgünstige Energie anderer, die es durch das Schwenken einer Kampferflamme abzuwenden gilt. Teil der täglichen Rituale gläubiger Hindus.

Ganga: der Gangesfluss.

Gästehäuser: damals wichtiger Bestandteil der Kultur. Fremde galten als respektabel und wurden von den Einheimischen bedient.

Gauri: einer der vielen Namen der Shakti Parvatis.

Gesangswettstreit: zur Zeit Ilango Adigals eine höfische Form der intellektuellen und philosophischen Auseinandersetzung, bei der es viele Zuschauer und Zuhörer gab.

Gottheiten: in der indischen Weltsicht personifizierte Kräfte, denen Gut und Böse innewohnt. In der Lehre der *Natyashastra,* einem Sanskrittext über die Ästhetiklehre, der um Christi Geburt entstand, ist jeder Gottheit eine der neun Emotionen zugewiesen, die wiederum durch eine Farbe, eine musikalische Note, eine Tätigkeit und eine Tageszeit dargestellt werden. Weiß ist die Grundlage, in der alles sich spiegelt. Es symbolisiert die Harmonie, repräsentiert durch *Narayana*, dem auf der Urschlange schlafenden *Vishnu*, in dessen Traum alle Existenz enthalten ist.

Guru: ein Lehrer, der aus der Finsternis des Unwissens ins Licht der Weisheit führt und neben einer praktischen Kunst oder einem Handwerk auch Lebensphilosophie vermittelt.

Heiliges Feuer: ein aus bestimmtem Gras und Holz angelegtes Feuer in einem Quadrat aus Steinen, in welches Opfergaben wie Butter, Reiskörner, Blumen u. a. gegeben werden. Es ist ein wesentlicher Bestandteil vieler Rituale.

Indra: vedische Gottheit am Firmament, auch König der Götter genannt, an dessen Hof viele himmlische Tänzerinnen, die Apsaras, sowie himmlische Musiker, die Ghandarvas leben.

Jains: Anhänger einer großen indischen Glaubenslehre, die kein Leid will und deren oberstes Ziel Gewaltlosigkeit ist. Der heilige Mahavira – ein Zeitgenosse Buddhas – predigte und verkündete seine Lehren im 6. Jahrhundert vor Christus.

Kali: die große Shakti – Mahashakti –, die von allen Hindugöttern eine Waffe erhält, diese in ihren zehn Armen trägt und somit als die stärkste Kraft im Universum gilt, die alle dämonische Gewalt zerstören kann.

Kama: Liebeslust. Ihre Ausübung als Kunstform wird ausführlich im *Kamasutra* beschrieben. Ohne Kama gibt es keinen Fortbestand der Menschheit, deshalb musste der asketische Gott Shiva Kama in der Gestalt eines schönen Gottes wieder ins Leben zurückrufen. Kamas weibliche Shaktis sind die Göttin Rati und die Göttin Priti.

Karma: ähnlich dem Schicksal. Schicksal bezieht sich jedoch nur auf ein Dasein des Menschen und ist eine statische, vorherbestimmte Macht, die ein Leben durch Geburtsort und Geburtszeit prägt. Karma dagegen ist veränderbar. Es wird geformt durch die Handlungen eines Lebewesens und bleibt über viele Geburten hinweg bestehen. Somit kommt alles, was ein Mensch tut oder spricht, irgendwann auf ihn zurück. Das Schicksalhafte daran kann er mit seinen neuen Karmas bzw. Taten abwenden.

Kashi: die heilige Stadt am Ganges, auch als Benares oder Varanasi bekannt, die jeder Hindu einmal in seinem Leben besuchen sollte, um sich in dem Wasser der Ganga vom Karma reinzuwaschen.

Kaveri: Fluss in Südindien.

Kolutänze: Maskentänze, die ein böses Omen abwenden sollen.

Kunjalam: ein in drei Trassen endendes traditionelles Band am Ende eines langen Zopfes.

Kunkum: ein Puder, das aus der Gelbwurzel gewonnen und in Tempelritualen verwendet wird. Es besitzt desinfizierende Wirkung. Es verbindet als Stirnmal, als »der rote Punkt«, den Gläubigen mit der weiblichen Kraft des Göttlichen und hält den »bösen Blick« anderer ab.

Lingam: Phallusartiges Symbol für Shiva.

Lingastein: ein in Stein gehauener Phallus, der die Potenz und Allmacht Shivas symbolisiert.

Manimegelai (»das kostbare Hüftjuwel«): eine Heilige und Prinzessin. Ihre Geschichte wurde von Sattanar, einem alttamilischen Schriftsteller des 5. Jahrhunderts, verfasst.

Mantras: Wortsilben, deren Bedeutung im Klang wie auch in der Interpretation der Silben liegt. Sie sind altes Wissen und gehen zurück auf die Veden. Sie besitzen Heil- und Zauberkraft.

Marvari: Eingeborene, Adivasis, die ihrer Stammeskultur und ihren eigenen Gesetzen folgten.

Mridangam: Trommel der Südindischen Karnatischen Musik, die auf dem Boden liegt und rechts und links bespielt wird.

Mudras: Handgesten, welche Gegenstände, Tätigkeiten oder Gefühle darstellen. Eine bestimmte Handstellung kann beispielsweise die Sonne, die Liebe oder auch das Reden symbolisieren, je nachdem wie die Handgeste in Kombination mit Bewegungen der Arme, des Halses, der Augen und der Mimik ausgeführt wird.

Muruga: der Speerträger, Gott der Bergleute und Zigeunerstämme. Er entstammt Shivas Sperma, welches in die Ganga schoss: Es tauchten sechs Kinder auf, die Parvati umarmte und zu einem Kind mit sechs Köpfen formte. Wird auch Subramaniam oder Kartikeya genannt.

Nadesvaram: Blasinstrument der Karnatischen Südindischen Musik, der Posaune ähnlich.

Nirvana (»Nacktheit«): laut der Lehre der Buddhisten der erleuchtete Zustand des »Entkleidetseins« von jeglichem Karma.

Pandia oder Pandiya: im 5. Jahrhundert nach Christus in der Provinz Madurai regierendes Königshaus. Zur gleichen Zeit regierten in Pukar die Cholas oder Colas.

Pukar: eine sagenumwobene, im Meer versunkene Stadt am Delta des Kaveriflusses in Tamil Nadu in Südindien.

Sambrani: ähnlich wie Weihrauch, erzeugt wohlriechenden Duft und reinigt die Luft.

Savitri: Frau in der indischen Mythologie, die dem Todesgott ihren Mann wieder abrang, weil sie ihm treu in die Unterwelt nachfolgte.

Shakti (»Energie«): die weibliche Seite jeder männlichen Gottheit. Sie trägt als Shivas Begleiterin 108 Namen, u. a. Parvati, Durga, Gauri, Mahesvari und Kali. Als Vishnus Begleiterin trägt sie wiederum 108 Namen, u. a. Lakshmi, Sri, Devi, Padmalaya, Hemamalini. Bhrama der Schöpfer hat Saraswati als seine Shakti. Ohne Shakti sind die Götter leblos. Sie ist die Kraft im Kosmos, durch ihre Gnade wächst das Getreide, fließen die Flüsse. Sie ermöglicht den Zyklus von Sonne und Mond und den Wechsel der Jahreszeiten.

Shiva: dritter Gott der Hindutrinität, der Auflösung bewirkt.

Tattu-kali (»Taktstock«): Bestandteil im Leben einer Tänzerin. In mittelalterlichen Zeiten heiratete sie ihn in einer symbolischen Tempelzeremonie.

Tilak: das Stirnzeichen gläubiger Hindus, der rote Punkt, der auch als Zierde der Frauen gilt.

Tulsi: eine Heilpflanze, die als heilig angesehen und in einem Hinduhaushalt an einem bestimmten Platz aufgestellt und verehrt wird.

Tunankai-Tänze: wilde Tänze, bei denen die Tanzenden von einem Geist besessen sind.

Vastushastra: Lehrschrift über Architektur und Bildhauerei.

Vina: ein altindisches Saiteninstrument, welches der Laute ähnlich ist.

Vishnu: zweiter Gott der Hindutrinität, bewirkt Erhaltung.

Yama: Gott der Unterwelt und des Todes.